**마을버스로
세계여행**

마을버스로 세계여행

지은이 임택
펴낸이 임상진
펴낸곳 (주)넥서스

초판 1쇄 발행 2022년 11월 5일
초판 2쇄 발행 2022년 11월 10일

출판신고 1992년 4월 3일 제311-2002-2호
주소 10880 경기도 파주시 지목로 5 (신촌동)
전화 (02)330-5500 팩스 (02)330-5555

ISBN 979-11-6683-389-2 03810

www.nexusbook.com

꿈꾸는 방랑자와 초록색 차가 함께한 677일

마을버스로 세계여행

임택 지음

넥서스BOOKS

"세계 여행을 다녀온 이후 무엇이 달라졌나요?"
어느 매체와의 인터뷰에서 기자가 물었다.

나는 답했다.
"저는 청년이 되어 돌아왔습니다.
도전하는 한 언제나 저는 청년입니다."

앞으로 내 삶에 나이를 대입하는 일은 없을 것이다.
도전하고 꿈꾸는 한 나는 마냥 청년일 테니.

다시 뛰는 가슴,
또 한 번 시작된 청년의 삶

"오늘 마을버스 계약하고 왔어."

신바람이 나서 건넨 말에 이어진 아내의 대답은 나지막하고 무거웠다.

"이제 정말 떠나는 거네?"

저녁 밥상을 사이에 두고 마주한 우리 둘 사이에 잠깐 무거운 침묵이 흘렀다.

"얼마 줬어?"

"1,200만 원."

"싸게 샀네?"

"응."

"잘했네."

싱거운 대화였다. 우리는 저녁을 먹고, 늘 그랬던 것처럼 커피를 마시며 드라마를 봤다. 수년간 내 여행 계획을 들어 온 아내에게 '마을버스 세계 여행'은 새로울 것이 없었다. 단지 여행이 성큼 다가왔다는 사실에 잠시 엇박자가 났을 뿐이다.

내가 오랫동안 꿈꿔 온 '마을버스와 함께하는 세계 여행'은 낡은 마을버스를 개조해서 1년 동안 세계 6대륙 48개국을 여행하는 것이었다. 물론 장기 여행인 만큼 차에서 먹고 자며 숙식비를 줄여 보자는 의도도 있었지만, 그게 전부는 아니었다. 어느 날 갑자기 툭 튀어나온 계획이 아닌 것이다.

어린 시절, 고향 근처 활주로에 뜨고 내리던 비행기를 보며 나는 생각했다.

'저 비행기를 타면 나도 멋진 곳에 갈 수 있을 거야.'

이런 생각은 대학생이 될 때까지 이어졌다. 그러나 인생은 계획한 대로 되지 않는다는 점에서 여행과 비슷했다. 대학 3학년 때 아내와 결혼했고, 결혼은 철없는 몽상가에 가까웠던 나를 현실로 데려왔다.

첫 아이가 태어나자 나는 당장 돈이 되지 않는 여행 작가의 꿈을 접어 두고 생업 전선에 뛰어들었다. 둘째 아이까지 생기자 내 꿈은 더욱 멀리 사라지는 듯했다. 나에겐 희망이 필요했다. 그래서 어느 날 아내에게 말했다.

"여보, 이제부터는 사표 낸다는 소리 안 할게. 열심히 일해서 돈도 벌고 아이들도 잘 키울게. 그런데 말이야. 내 나이 50살이 되면 그때는 여행 작가의 길을 갈 테니, 나를 지지해 줘."

"그래, 근데 50살이란 나이가 우리한테 오겠어?"

아내는 웃으며 말했다. 30대 초반의 아내에게 50살이란 먼 훗날의 이야기일 뿐이었을 텐데, 야속하게도 어느새 그 나이가 오고 말았다. 다행히 아이들을 잘 키웠고 경제적으로 그럭저럭 안정을 이루어, 가족은 나의 도전을 많이 지지해 주었다. 짧은 직장 생활 후에 시작했던 회사를 정리했다. 정확히 50살에 여행 작가를 선언했다.

'여행하며 사진을 찍고 글을 쓴다.' 내가 상상했던 여행 작가의 길은 단순했다. 마치 멀리서 바라본 산의 모습처럼 말이다. 하지만 산에 다가갈수록 그 단순하고 아름다운 능선은 시야에서 사라지고 나뭇잎과 흙더미 속에서 길을 잃게 된다. 여행 작가를 선언한 후, 나 역시 길을 잃고 2년간 백수가 되고 말았다.

그러던 어느 날, 뒷동산 약수터에 다녀오던 길이었다. 9월의 늦더위가 유난스럽게 느껴졌다. 벤치에 잠시 앉아 숨을 고르는데, 동네 언덕길을 힘겹게 오르는 마을버스가 보였다. 마을버스는 좁고 가파른 길로 다니며 사람들을 태워 큰길까지 데려다준 다음 산동네로 되돌아왔다. 마을버스가 본 세상이라곤 기껏해야 평창동 파출소가 있는 2차선 도로가 전부였을 테다. 쳇바퀴 돌 듯 정해진 코스를 맴도는 게 마을버스의 일상이고 운명인 셈이었다. 문득 마을버스의 인생이 평생 집과 직장을 오가며 살아온 나의 삶과 별반 다르지 않다는 생각이 들었다. 동지를 만난 기분에 마을버스와 대화를 나누는 상상을 했다.

"마을버스야, 넌 죽기 전에 이루고 싶은 소원이 있니?"

"아니, 없어."

머뭇거리던 마을버스가 말을 이었다.

"하나 있긴 해. 폐차되기 전에 고속도로 한번 시원스럽게 달려 보는 거야."

"나하고 세계 여행 할래? 고속도로 하나가 아니라 온 세상의 고속도로를 전부 달려 보는 거야."

이 엉뚱한 상상에서부터 낡은 마을버스와 함께하는 세계 여행 계획이 시작됐다. 오랫동안 꿈꾸던 여행 작가를 선언했지만 한동안 길을 잃고 표류하던 나에게 마을버스 세계 여행은 또 하나의 구체적인 꿈이 되었다. 무려 3년간 여행을 준비했다. 그리고 드디어 2014년 12월, '은수'라고 이름 지은 낡은 마을버스와 22개월간의 여행길에 올랐다.

많은 사람이 내가 50살에 새로운 시작을 했다는 데 놀란다. 난 50살이 미래에 대한 의지를 다지기에 적당한 나이라고 생각한다. 지나온 시간과 앞으로 나아갈 시간이 비슷해지는 지점이기 때문이다. 오래전 여행 작가의 꿈을 접어 두기로 결정했을 때, 내 나이 50~60대가 되면 바라던 꿈을 이루며 살리라는 의지를 담아서 휴대폰 번호의 끝자리를 5060으로 정했다. 전화번호를 적을 때마다 이 번호를 꾹꾹 눌러 쓰며 꿈을 잊지 않으려 했다.

간절히 이루고 싶은 꿈이 생기면 당장 오늘부터 살아가는 자세가 달라지게 마련이다. 나 역시 50대에 새로운 일을 시작하기 위해 미리미리 달성해야 할 목표들을 세우고 이루어 나갔다. 40대에 접어들면서부터는 아내에게도 내 목표를 밝히고 약속했다. 온전한 집을 마련하겠다는 것과 일하지 않아도 살아갈 수는 있을 정도의 소득을 만들어 두겠다는 것이었다. 목표는 바다의 등대와 같아서, 등대 스스로 배를 젓지는 못하지만 풍랑을 만난 이에게 그 존재만으로도 확신을 준다. 아내에게 약속한 목표는 힘든 일로 좌절할 때마다 힘을 발휘했다.

건강 관리에도 힘썼다. 건강이 없다면 모든 일이 불가능하기 때문이다. 술과 담배를 멀리하고, 30대에는 축구, 40대에는 농구로 체력을 다졌다. 운동에 대한 열정을 불태우는 나를 보고, 아이들은 학교의 생활기록부에 아버지 직업을 '축구 선수'라고 써냈을 정도였다.

이렇듯 꿈을 이루기 위해 끊임없이 노력하다 보니 어느덧 그 꿈에 다가선 나를 발견하게 되었다. 당연한 말이겠지만, 꿈을 이루기 위해 가장 먼저 할 일은 꿈을 꾸는 것이다. 그리고 그 꿈을 늘 자기 곁에 붙잡아 두어야 한다. 꿈을 잊고 살아가는 사람의 가슴은 뛰지 않는다. 나는 마을버스와 함께하는 세계 여행을 꿈꾸며 멈췄던 가슴이 다시 뛰기 시작했다.

꿈은 나이의 많고 적음과는 관계없다. 나이가 많아도 꿈을 꾸고 그 꿈을 이루기 위해 도전하는 사람은 누구나 청년이다. 여기, 이제 막 꿈을 향해 첫걸음을 내디딘 청년이 당신 앞에 서 있다.

2022년 10월

임택

677일간의 세계 여행 루트

캐나다

미국

멕시코

과테말라

푸에르토 바리오스
온두라스
니카라과
코스타리카
파나마

베네수엘라

콜롬비아

에콰도르

페루

브라질

볼리비아

파라과이

칠레

아르헨티나

뉴욕

마이애미

리마

한국에서
출발지 리마로 이동

[2014년 12월 1일] **한국 출발** – (미국 경유) **➜ 남미** 페루 – 볼리비아 – [2015년 1월] 아르헨티나 – 파라과이 – 아르헨티나 – [2월] 칠레 – 볼리비아 – 칠레 – 페루 – [3월] 에콰도르 – 콜롬비아 – (베네수엘라 경유) – [4월] 콜롬비아 – [5월] 파나마 – 코스타리카 – 니카라과 – 온두라스 – [6월] 과테말라 – 멕시코 – 과테말라 **➜ 북미** [7~8월] 미국 **➜ 유럽** [9월] 독일 – 체코 – 오스트리아 – [10월] 독일 – (스위스 국경) – 룩셈부르크 – 프랑

러시아

몽골

블라디보스토크

동해

카자흐스탄

중국

보덴머하펜

체코 오스트리아
슬로베니아
크로아티아
보스니아 헤르체고비나
몬테네그로
조지아
아르메니아
우즈베키스탄
투르크메니스탄

독일

모나코 이탈리아
알바니아
북마케도니아
불가리아
터키

이란

스페인

인도

호주

스 – 포르투갈 – 스페인 – [11월] 모로코 – [12월] 스페인 – 모나코 – 이탈리아 – [2016년 1월] 슬로베니아 – 크
로아티아 – 보스니아 헤르체고비나 – 몬테네그로 – 알바니아 – 북마케도니아 – [2월] 불가리아 – [3월] 터
키 – 조지아 – [4월] (서울, 딸 결혼식 참석) ➔ 중동·유라시아 아르메니아 – [5월] 이란 – 투르크메니스탄
– 우즈베키스탄 – [6월] 카자흐스탄 – 러시아 – [7월] 몽골 – 러시아 ➔ [8월 25일] 한국 귀국

목차

PART 1

여행을 준비하다

마을버스의 수명은 대부분 10년.
하지만 차의 상태에 따라 6개월의 운행 연장이 가능하다.
은수교통에서 만난 이 버스는 이미 연장 승인이 난 상태였지만
6개월의 버스 인생을 포기하고 나와 세계 여행을 떠났다.
'인생 재도전'이라는 여행의 의미와 잘 맞았다.
게다가 병원을 오가는 사람들을 주로 실어 날랐던 이 버스는
그저 탈것이라는 의미를 넘어
우리 삶의 여러 애환이 깃든 상징처럼 보였다.
나는 이 버스에 '은수'라는 이름을 지어 주었다.

마을버스를
찾아서

"당신 뭐 하는 사람이야?"

운수회사 직원이 달려와 나를 거칠게 끌어내렸다.

마을버스 세계 여행의 발이 될 중고 마을버스를 구하는 일은 쉽지 않았다. 온라인으로 쉽게 구할 수 있을 거라는 생각은 너무나 큰 오산이었다. 운전면허 학원이나 일반 운수회사에서 사용한 중고 버스는 10년이 되어도 운행 거리가 15만 km밖에 안 돼서 쌩쌩하지만, 마을버스는 똑같은 10년이라도 밤낮으로 운행한 탓에 중고차보다는 폐차에 가까웠다.

폐차를 앞둔 마을버스를 찾는 것도 쉽지 않았다. 중고차 수출업자들이 회사에 미리 돈을 주고 운행이 끝나기 무섭게 가져가니 중고 시장에 나올 턱이 없었다. 이러다 보니 온라인에도 중고 마을버스에 대한 정보가 없어서, 결국 마을버스 회사를 일일이 찾아다니게 되었다. 게다가 여행을 함께하기로 한 일행에게 사정이 생겨 혼자 이 일을 감당해야 했다.

당시 내 머릿속은 온통 마을버스 생각으로 가득했다. 마을버스를 탈 기회가 생기면 운전석 옆에 서서 버스 기사의 운전 기술을 어깨너머로 익혔다. 틈만 나면 의자에 앉아 신발을 뒤집어 놓은 다음, 신발 위에 양쪽 발을 얹어 클러치와 브레이크 밟는 연습을 했다. 버스가 수동 기어라서 빗자루를 잡고 기어를 변환하는 연습도 했다. 오토매틱 차를 몰 때에도 수동으로 착각하는 바람에 운행 중에 후진 기어를 넣은 경우가 한두 번이 아니었다.

그러던 어느 날, 은평구에 있는 한 마을버스 운수회사를 찾아갔다. 넓은 주차장에는 운행 순서를 기다리는 마을버스들이 가지런히 서 있었다. 마을버스를 보자 가슴이 뛰었다. 기쁜 나머지 나도 모르게 대기 중이던 한 마을버스 운전석에 올라탔다. 이리저리 핸들을 돌려 보기도 하고 클러치를 밟으며 스틱을 아래위로 움직여 보았다. 이때 멀리서 나를 본 회사 직원이 달려 나와 내 팔을 잡고 거칠게 끌어내렸다.

"당신 뭐 하는 사람이야?"

직원은 바로 경찰을 부를 기세였다. 소란이 일자 주위에서 대기하던 기사와 직원들이 모여들었다. 그들에게는 무료하고 평범한 일상에 생긴 희한한 볼거리였을 것이다. 나는 실수로 차에 올라탄 것을 거듭 사과하며 직원에게 자초지종을 설명했다. 평소 여행 이야기를 얼마나 하고 다녔는지 마치 기도문처럼 암송할 정도였다. 내 여행 계획을 들은 운수회사 직원들은 황당해하면서도 즐거워했다. 나를 차에서 끌어내린 직원은 이 회사 저 회사로 전화를 걸어 주기까지 했다.

"김 사장! 거기 마을버스 폐차되는 거 하나 없어? 없다고? 갑자기 폐차되는 버스는 왜 찾느냐고? 어! 여기 웬 미친 사람이 마을버스 타고 세계를 돈다, 하하하!"

그가 여기저기 수소문해 주었지만 대부분의 운수회사에는 25인승 마을버스만 있었고, 정작 내가 필요로 하는 15인승이 찾기가 어려웠다. 그 직원은 고맙게도 자기가 아는 회사가 있으니 더 알아봐 주겠다고 했다. 며칠 후 그에게서 전화가 왔다.

"옥수교통에 곧 폐차될 마을버스가 있다니 한번 가 보세요."

옥수교통은 소형 마을버스를 보유한 운수회사로, 서울 정릉에 주차장을 함께 운영하고 있었다. 주차된 큰 버스들 사이에는 '옥수교통'이라는 글자가 적힌 푸른색 마을버스가 보였다.(만일 이곳에서 버스를 샀다면 마을버스 이름은 '옥수'가 되었을 것이다.) 그런데 정작 내가 만나야 할 사장은 없고 정비사만 있었다.

인연이 없어서일까? 그 뒤로 몇 번을 찾아갔으나 옥수교통의 사장을 만날 수가 없었다. 사장에게 전화를 걸면 가격이 오르고 있다는 말만 되풀이했다. 550만 원에 준다던 버스 가격이 하루가 다르게 올랐다. 650만 원이 되더니 결국 850만 원까지 치솟았다. 정부에서 주는 '조기폐차보상금' 350만 원을 합치면 1,200만 원이 넘었다. 고민이 깊어졌다. 버스 상태도 점검하지 않은 상황에서 덜컥 계약금만 보내서는 안 된다고 생각했다. 사장의 목소리만 들었을 뿐 아직 얼굴조차 보지 못한 상황이기도 했다.

그렇게 또 시간이 흘렀고 다시 '발품 팔기'가 시작됐다. 얼마나 돌아다녔는지 근처의 마을버스 회사 사장 중에 나를 모르는 이가 없을 정도였다.

'세상에 쉬운 일이 하나도 없다더니, 이렇게 많은 마을버스 중 내게로 올 중고 마을버스 한 대가 없는 걸까?'

밤낮없이 헤매고 다니는 내게 아내가 물었다.

"자기 요즘 왜 이렇게 바빠? 얼굴을 통 못 보겠네?"

"응, 중고 마을버스 사러 다니는데 아무리 다녀도 없네."

"그래서 그렇게 바빴어? 그럼 나한테 말을 하지."

"뭐 좋은 수가 있어?"

"내가 잘 아는 언니 남편이 마을버스 회사를 운영하잖아. 거기에다 부탁해 볼게. 은수교통이라고 서울대학병원 오가는 셔틀버스 회사야. 종로 12번 은수교통."

아내는 그 언니에게 부탁했다.

"언니, 혹시 형부 회사에서 중고 버스 좀 살 수 있을까?"

"운행 6개월 남은 게 있긴 할 거야. 그런데 수출업자가 이미 돈 주고 기다리고 있을걸? 어떨지 모르겠네. 근데 왜?"

"그래도 한번 물어봐 줘. 남편이 그거 끌고 세계 여행 간대."

"뭐? 세계 여행? 와! 멋지다. 근데 자기도 허락했어?"

아내 말에 따르면 그 언니는 그림 그리는 화가라고 했다. 예술가라 생각이 남다른 건지, 그 언니는 나의 엉뚱한 여행 계획을 듣고는 멋지다고 격려해 주었다.

"그렇게 멋진 일에 쓰는 건데, 내가 그 계약 취소하라고 부탁해 볼게. 걱정 마!"

아내란 존재는 언제나 남편에게 '갑'인 법이다. 그 언니는 약속대로 자신의 남편에게 '갑질'을 하여, 미리 돈을 치른 수출업자에게 어렵게 양해를 구하고 내게 차를 내주게 했다. 이렇게 해서 결국 은수교통에서 마을버스를 구입하는 데 성공했다. 규정상 폐차해야 하는 10년 연한을 불과 몇 개월 앞둔 고물차였다.

은수와의
만남

　나와 함께 여행하게 된 마을버스의 이름은 '은수'다. 함께 여행하기로 한 일행끼리 버스 이름을 짓기 위해 머리를 맞댔을 때 여러 아이디어가 오갔는데, 문득 '은수교통'에서 '교통'을 빼 보니 예뻤다. 원래 이름을 살린 만큼 이의를 제기하는 이도 없었다. 낡은 마을버스는 그렇게 '은수'라는 이름을 가지게 됐다.

　많은 이가 나에게 왜 하필 낡은 고물차로 여행하느냐고 물었다. 물론 먼 길을 가야 하는 만큼 튼튼한 차를 타는 편이 더 안전하겠지만, 내게는 의미가 중요했다. 나의 여행에는 새로운 인생을 개척한다는 상징성이 있었다. 인생의 전반기를 정리하고 미루어 뒀던 꿈을 찾아 떠나는 여행이었다. 그래서 조기 은퇴한 차와 함께 떠나는 게 의미가 남달랐다.

　나 역시 불안함이 없던 건 아니었다. 앞서 만났던 옥수교통의 차는 이미 50만 km 이상 달렸다는 점이 마음에 걸렸었다. 운행 거리로만 본다면 폐차 시기가 훌쩍 넘은 차였다. 그런데 은수를 처음 만난 날 운행 게이지를 보니 '206,000'이라는 숫자가 표시되어 있었다. 운행 연수가 비슷한 다른 버스에 비하면 적은 운행 거리였다. 기쁜 마음을 숨기며 혹시 은수교통 사장님의 마음이 변할까 싶어 얼른 제안했다.

　"사장님, 바로 계약금 드리겠습니다."

　"그래도 잘 살펴보시지 그래요?"

　"아닙니다. 바로 사겠습니다."

　그런데 사실은 은수의 운행 게이지가 고장 나 있었고 실제 운행 거리는 50만 km 이상이라는 것을 나중에야 알게 되었다. 하지만 이 버스가 간직한 남다른 애환을 알고 나니 내게도 점점 더 의미 깊게 느껴졌고, 고장 난 운행 게이지에 속았다는 억울함도 곧 잊혔다.

　이 마을버스는 서울대학병원을 출발해 보령약국과 세운상가를 거친 다음 창경궁을 지나 돌아오는 노선으로, 서울대학병원의 셔틀버스 같은 역할을 했다. 10년의 세월 동안 주로 환자의 가족이나 문병 가는 사람들을 태우며 그들의 아픔을 함께해 온 버스

● ●드디어 인수하게 된 마을버스 은수.

였던 것이다.

이 버스 노선의 마지막 정거장은 '장례식장'이었다. 일행 중 한 사람은 '장례식장'이 불길한 느낌을 주니 노선표에서 지우자고 했다. 그러나 내 생각은 달랐다. 은수는 많은 사람의 삶을 상징하는 존재였다. 은수를 보며 사람들은 각자 다양한 자기 삶을 떠올릴 수 있기 때문이다. 죽음과 삶의 사이에서 겪는 애환도 무시할 수 없는 삶의 한 부분이라고 믿었다. 우리가 지나온 인생을 입맛에 맞게 바꿀 수 없듯, 은수의 인생도 왜곡할 수 없었다. 끝내 노선표에서 장례식장을 지우지 않았다.

계약금을 치렀다고 바로 차를 가져갈 수는 없었다. 은수는 10년의 규정된 운행을 마치고 6개월간의 운행 연장 승인을 받은 상태였다. 버스 회사에서 새 차를 구입하려면 기존 차의 운행을 정지했다는 증명 서류가 필요하다. 그런데 새 차를 주문하여 운행에 투입하기까지 상당히 오래 걸리기 때문에 영업 공백이 생기게 된다. 이때 연장 승인을 받으면 새 차가 나올 때까지 기존 차를 운행할 수 있으니 회사에 큰 이익을 가져다준다. 당연하게도 은수교통 사장님은 차를 바로 넘기지 않으려고 했다.

"사장님, 저 차를 좀 빨리 주실 수 있을까요?"

"글쎄요. 그러면 저도 손실이 만만치 않습니다."

내게 버스를 일찍 내어주면, 그는 새 차가 나올 때까지 6개월을 기다려야 한다. 이 기간 동안 운행 손실이 크다는 것이다. 은수교통 사장님 얼굴에는 난처한 기색이 역력했다.

"그럼 이렇게 하면 어떨까요? 현대자동차에서 만든 마을버스를 타고 특별한 세계 여행을 하는 거니까, 현대자동차를 알리는 효과도 있잖아요. 이 차를 대신할 차를 빨리 내줄 수 있겠느냐고 한번 제안해 보자고요."

사장님 눈에 생기가 돌았다.

"그렇지요. 그럼 현대자동차 영업부에 부탁해 봅시다."

은수교통 사장을 통해 현대자동차 측에 여행 계획이 전달됐다. 며칠 후 은수교통 사장님으로부터 연락이 왔다.

"됐어요. 됐어. 한 달 이내에 새 차를 내주겠다고 방금 연락이 왔습니다. 여행 계획서를 본 관리자가 하루빨리 새 차를 은수교통에 배차하라고 했대요."

이렇게 하여 은수는 예정보다 빨리 여행에 동참하게 되었다. 이제 마을버스 세계 여행의 가장 중요한 퍼즐 조각이 맞추어진 것이다. 나는 은수에게 말했다.

'은수야, 우리 함께 세상을 달려 보자!'

앞으로 벌어질 엄청난 일들의 첫발이 시작되었다.

멀리 가려면
함께 가라

"당신은 꿈도 영어로 꾸던데요?"

여행을 준비하며 잠꼬대가 잦다면서 아내가 가볍게 퉁을 놓았다. 안 그래도 밤마다 꿈속에서 광야를 가르며 여행하는 장면이 나타나곤 했다. 마을버스를 구하고 나자 이미 마음은 남미 대륙에 가 있었다.

하지만 이 멋지고 가슴 설레는 여행을 혼자 할 수는 없었다. 비용 절약을 위해서도, 무엇보다 중요한 안전을 위해서도 동행이 필요했다. '퇴직 이후의 삶'에 대한 고민으로 여행이 시작된 만큼, 되도록 50대와 60대의 동행을 찾기로 했다. 그러나 동행을 구하는 일은 중고 마을버스를 찾는 것만큼, 아니 그보다 더 힘들었다.

내 여행 계획에 관심을 갖는 사람은 많았지만, 현실의 벽을 넘으려 하는 사람은 많지 않았다. 어쩌면 그것이 현실적이고 일반적인 반응일 것이다.

언젠가 '벼룩 훈련법'에 대한 글을 읽은 적 있다. 벼룩을 유리병에 넣고 뚜껑 대신 유리판으로 덮어 놓는다. 처음에는 벼룩이 뚜껑이 없는 줄 알고 뛰쳐나가려고 힘차게 뛰어올랐다가 유리판에 부딪친다. 그렇게 어느 정도 시간이 흐르고 나면 유리판을 치워도 벼룩은 유리병을 탈출하지 못한다. 아니 탈출하지 않는다.

많은 사람이 나의 도전에 공감했고 누군가는 동경하기도 했다. 그러나 스스로 나와 함께 도전하겠다고 나서기에는 넘어야 할 장벽이 높았다. 아마도 가장 큰 장벽은 미래에 대한 불안일 것이고, 그 불안의 많은 부분은 경제적인 문제가 차지할 것이다. 행복한 미래를 위해서는 돈을 벌어야 하고, 돈은 많으면 많을수록 더 큰 안정과 행복을 줄 수 있으니 되도록 많이 벌어 놓아야 한다는 논리다. 반론하기 어려운 유리판이다.

그러나 미래의 행복을 위해 현재의 행복을 미루는 것이 내게는 도리어 불안했고 버거웠다. 스스로 묻기를 반복했다. 언제까지 미룰 것인가?

"너는 노후 준비 끝냈나 보다."

한 친구에게 함께 여행하자고 이야기했을 때 그가 물었다. 경제적인 문제가 해결됐느냐는 질문이었다.

"노후 준비? 돈은 많지 않아. 하지만 끝냈어. 여행 작가를 하며 살 거니까."

꽤 오랫동안 동행자를 구하지 못해 애를 태웠다. 하지만 애쓴 보람이 있었는지 어느 순간부터 지원하는 사람들이 하나둘 모이기 시작했다. 가장 먼저 은행 정년퇴직을 몇 년 앞둔 금융인 O 씨가 동행을 확정했고, 회사를 그만두게 될 것 같다는 모 경제신문사 논설위원 친구 K, 미얀마 양곤의 여행자 숙소에서 알게 된 60대 요리사 J 씨, 보험회사의 중진이던 후배 J까지 차례로 합류하여 여행단이 꾸려졌다.

2013년 8월 20일 저녁, '마을버스 세계 여행'을 희망하는 사람들이 한자리에 모였다. 나는 여행 계획서를 만들어 브리핑했다. 우리는 여행을 시작하기도 전에 이미 세계 여행을 달성한 것처럼 들떠 있었다. 다들 도전 의지와 용기가 넘쳤고 행복했다. 우리 여행에 '버스로 떠나는 세계 여행 프로젝트'를 줄인 '버세프'라는 이름도 붙였다. 회의가 끝나고 회식이 있었다. 술이 여러 잔 돌자 분위기가 한껏 고조되었다. 이때 누군가 제안했다.

"우리 정말 여행하는 거지? 그럼 약속을 어기지 않는다는 의미로 내일까지 100만 원씩 걷는 게 어때?"

"그래. 그래야 책임감도 더 생기고 좋지. 중간에 포기하면 이 돈은 돌려주지 않는 걸로 하자."

"좋아, 좋아. 그럼 이 돈을 '맹세금'이라고 하면 어때?"

"맹세금? 약속을 어기지 않는다는 의미로? 그거 좋다, 맹세금."

O 씨는 금융인답게 그 자리에서 100만 원을 입금했고, 다른 사람들도 다음 날까지 입금했다.

이때만 해도 여행이 코앞으로 다가온 것 같았지만, 안심하기에는 너무 일렀다. 그때까지 나를 제외한 누구도 가족, 특히 배우자의 동의를 받은 사람이 없었다는 점도 불안 요인이었고, 마을버스 세계 여행의 철학을 온전히 이해하고 받아들였는지도 의문이었다. 차츰 우려가 현실로 나타나기 시작했다.

가장 의욕을 보이던 요리사 J 씨가 어느 날 소식이 끊겼다. 그는 사람들에게 멋진 도전 이야기를 전하기 위해서, 그리고 여행의 성공을 기원하기 위해서 섬진강을 종주하기 시작했다. 그런 그가 사라진 것이다. 두 달이 지난 어느 겨울, 그는 여행 포기를 어렵게 전했다. 섬진강 도보 종주를 하며 그만 고관절을 다친 것이다. 게다가 논설위원 K와 보험회사에 다니던 후배 J도 자녀 교육과 사업상의 이유로 여행을 포기했다. 맹세금을 고스란히 남겨 둔 채.

남은 사람은 은행에 다니던 O 씨와 나뿐이었고, 이제 고민은 우리 두 사람의 몫이 되었다. 다시 원점으로 돌아온 느낌이었다. 나보다 두 살 많은 O 씨는 강직한 성격으로, 여행을 약속한 이후에 한 번도 흔들림 없이 착실히 준비한 사람이었다. 그는 함께 떠날 사람들이 정해지자 정년을 3년이나 앞당겨 회사에 사표를 냈다. 그런데 맹세금을 내며 결의를 다지던 사람들이 하나둘 마음을 내려놓자, 여행이 차일피일 미뤄졌다. 새로이 동행을 구하는 일도 쉽지 않았고 우리 마음도 흔들렸다.

어느 날 나는 불안감에 휩싸였다. '이러다가 나머지 한 명마저도 여행을 포기하면 어쩌지?' 여행을 떠나느냐, 포기하느냐의 갈림길에 있었다. '이대로 끝나는 것인가?' 수년간 주위의 많은 사람에게 세계 여행의 의지를 밝혀 온 나는 마음이 힘들었다. 내게 여행 이야기를 들은 사람들은 나를 보면 언제 여행을 떠나느냐고 묻기도 했다. 사람 만나는 일도 무서워졌다. 이런 사정은 O 씨라고 다를 리 없었다. 우리의 여행은 점점 멀어져 가는 것만 같았다. 그래서 나는 O 씨에게 말했다.

"형님, 일단 떠납시다."

짧은 말에 정적이 흘렀다. 그의 고민은 나보다 더하면 더했지 덜하지는 않았을 것이다. 사표까지 던진 그였지 않은가.

"그럽시다."

간결한 대답이었다.

두 사람만의 힘으로 여행을 준비하는 과정은 힘겨웠지만 우리는 포기하지 않았다. 한참 후의 이야기지만, 출발 한 달을 남기고 뜻하지 않게 J까지 합류하면서 결국 세 사람이 여행을 떠나게 되었다. J는 40대의 IT 전문가로 통신 기기를 잘 다루었다. 그는 나와 가장 긴 시간을 여행했고 수많은 어려움을 함께 극복했다. 처음 꾸렸던 여행단에 비하면 단출해진 인원이지만, 이 여행은 그들이 있었기에 가능했다.

떠나기는
할 건가요?

어렵고 긴 시간을 지나 우리는 겨우 한 발짝을 내디뎠다. 떠나는 게 결정되니 우리 앞에 수많은 질문이 이어졌다. 버스는 어떻게 보내지? 운송에 필요한 서류는? 국경을 넘을 때마다 번호판을 바꾸어야 할까? 보험은 어디서 들지? 사막이나 산중에서 차가 고장 나면 어쩌나? 강도가 많다는데 대책은? 통신은 어떻게 한담? 남미의 자동차 연료 질은 형편없다던데? 준비해야 할 사항이 A4 용지로 수십 장이 넘었다.

여행 준비의 일환으로 자동차 정비 학원에 다녔다. 한 달을 배우고서 내린 결론은 내가 자동차를 고치는 건 무리이고, 장비가 없이는 어떤 정비도 불가능하다는 사실이었다. 요리 학원에도 다

넸는데, 결론은 마찬가지였다. 많은 나라를 이동하며 제대로 음식을 해 먹는다는 것은 버거운 일이었기 때문이다. 건강을 위해 수지침도 배웠지만, 페루에 도착해서 보니 침을 가져오지 않아 무용지물이 되었다.

하루하루 여행을 준비하며 새로운 정보를 채울수록 궁금한 것이 오히려 늘어갔다. 궁금증이 많아질수록 여행을 떠난다는 것이 더 어렵게만 느껴졌다. 결국 우리는 '완벽한 준비'를 포기하고 그냥 여행을 시작하기로 했다.

"그냥 갑시다. 현지에 가서 해결하자고요. 뭐, 거기도 사람 사는 곳 아니겠습니까?"

여행을 준비하는 과정에서 가장 큰 일은 은수를 출발지인 페루의 리마Lima까지 배로 실어 보내는 것이었다. 이 일은 O 씨가 맡았는데, 그는 매사 완벽에 가깝도록 솜씨 있게 일을 처리했지만 이 일만큼은 난항을 겪었다. 운송비 100만 원도 안 되는 컨테이너에 넣어서 보내면 될 거라고 간단히 생각했는데, 뜻하지 않은 일이 벌어졌다. 컨테이너 높이가 은수의 키보다 15cm가 낮았다. 바퀴의 바람을 다 빼고 지붕에 돌출된 환풍기까지 떼었지만 5cm의 간극을 좁힐 수 없었다. 대형 차량 운반선인 로로선roll-on roll-off vessel을 찾았으나 페루 리마까지 운송해 줄 배는 없었다. 결국 벌크선bulk carrier이라는 배에 실어야 했다. 벌크선은 컨테이너에 들어갈 수 없는 물건을 실어 나르는 배로, 물량이 많지 않아서 부정기적으로 운행하곤 했다. 요금도 비쌌지만, 배가 화물로 다 채워져야 떠난다는 단점이 있었다. 다른 방도가 없는 우린 420만 원이라는 거금을 들여 벌크선을 예약했고, 또 하나의 산을 넘었다.

다음으로 중요한 일은 마을버스를 수리하고 개조하는 것이었다. 버스는 우리가 여행 내내 생활해야 하는 곳이어서 가장 신경 써야 할 부분이었다. 캠핑카로 개조하는 비용을 알아보니 1천만 원이 훨씬 넘었다. 두 사람이 감당하기에는 경제적 부담이 컸다. 게다가 지구를 한 바퀴 도는 여정이다. 차량 내부에 많은 시설을 하면 오히려 여행의 걸림돌이 될지도 모를 일이었다. 여행을 떠나려면 눈썹도 뽑고 가라지 않던가? 'Less is Better(적을수록 좋다).'라는 말처럼 꼭 필요한 만큼만 개조해야 했다.

하루는 차를 수리하기 위해 변두리에 있는 한 정비소를 찾았다. 60대의 친구 두 분이 운영하는 작은 정비소였는데, 언제나 얼굴이 불쾌하게 취해 계셨다. 낡은 마을버스로 세계 여행을 한다고 하니 놀라셨다.

"아저씨, 이 차를 개조하려니 돈이 많이 드네요?"

"얼마나 드는데?"

"1천만 원이 넘어요."

"뭐여? 뭘 하는데 돈이 그렇게나 든대?"

두 사람은 서로 얼굴을 쳐다보며 기가 찬다는 표정을 지었다.

"우리가 300만 원에 해 줄게. 300만 원에."

"혹시 술 드시고 그러시는 거 아니죠?"

"아이고, 이렇게 사람을 못 믿긴. 300만 원 넘는지, 안 넘는지 두고 보라니까, 하하하!"

마을버스 좌석은 총 15개였고 조수석이 없었다. 조수석을 추가하고 버스 앞쪽의 4석만 남겨서 총 6석으로 만들었다. 버스 뒤편은 좌석을 모두 없애고 마루를 놓았다. 마루는 조립식으로 만들어 판을 떼어 내면 수납 공간이 되었다. 바닥에는 푹신한 스펀지를 놓고 그 위를 천으로 덮어서 별도의 매트가 필요 없도록 만들었다. 그러자 성인 남자 5명은 잘 수 있는 공간이 만들어졌다. 전기를 공급하기 위해 인버터(전력 변환 장치)도 달았다. 2개였던 배터리도 4개로 늘렸다. 여행 중 짐이 많아질 것에 대비해 지붕에 짐을 둘 수 있는 공간도 마련했다. 지붕에 오를 수 있도록 사다리까지 달고 나니 제법 그럴듯한 면모가 갖추어졌다.

일이 진행되면서 수시로 정비소에서 전화가 오곤 했다. 정비소 사장님의 목소리가 기어들어 가는 것으로 보아 어려운 이야기임이 분명했다.

"저기 말이여. 요즘 알루미늄 값이 올랐다네."

"그리고 말이여. 사람이 2명 와서 일했지 뭐여."

어차피 300만 원에는 어림없다고 예상했던 일이다. 700만 원 이상이 들고서야 마을버스 개조 작업은 끝났다.

사실 이 모든 일보다 더 중요한 일은 떠나는 날을 정하는 것이었다. 원래 계획대로라면 우리는 2014년 1월, 늦어도 2월에는 떠날 예정이었다. 하지만 동행하기로 했던 사람들이 하나둘 포기하면서 출발이 자꾸만 미뤄졌다. 곧 떠날 줄 알고 친지들과 송별회를 한 지도 수개월이 지났다. 격려금을 준 사람도 있었다. 길에서 이들을 만나는 것은 호랑이를 만나는 것보다 더 무서웠다. 교회에도 나가기 싫어졌다. 목사님이 여행의 안전을 위해 기도까지 해 주셨으니 하나님께도 면목이 없었다. 이런 이유로 떠날 시기를 못 박는 일이야말로 급하고 중요한 일이었다. 8월에 떠나기로 결정하고 나서야, 우리는 겨우 사람들에게 답할 수 있게 되었다.

"8월에 떠납니다."

그런데 페루까지 버스를 실어 나를 벌크선이 부정기적으로 운항하다 보니, 출발일이 다시 10월로 연기되었다. 주변에는 이 사실을 숨겼다. 핑계 대는 일이 지겹고 사람들의 시선이 무서웠기 때문이다. 심지어 D일보에서 우리 여행 이야기를 전면에 실어 주었었는데, 그 기사에서 8월에 떠난다고 해 놓고 떠나지 않으니 기사를 쓴 황 기자의 마음고생이 컸다. 그는 수시로 전화해서 "선생님, 안 떠나시는 거 아니죠? 그러면 큰일 나요. 제발 떠나세요." 하곤 했다.

10월 23일 싣고 갈 배가 결정됐다는 소식을 받고 기쁨과 홀가분함에 그만 울 뻔했다. 가장 먼저 소식을 받은 황 기자의 목소리도 가늘게 떨렸다. 드디어 떠나는 날이 코앞으로 다가온 것이다.

응원의
손길들

출발이 늦어져 마음고생을 하기는 했지만, 그 덕분에 좋은 일도 있었다. 그 기간에 현대자동차의 지원을 받아 마을버스를 완벽하게 정비하게 된 것이다.

물론 지원을 받기 전에도 우리 힘 닿는 데까지 수리하기는 했다. 마을버스에는 손볼 곳이 한두 군데가 아니었다. 우선 생명과 직결된 브레이크 드럼과 바퀴 6개를 모두 새것으로 바꾸었다. 연료 계통의 부속도 모두 교체했다. 본격적으로 돈이 들어가기 시작하자 예산이 턱없이 부족했다. 맹세금(?)으로 걷었던 500만 원과 멤버 세 명이 각자 600만 원씩 낸 돈은 차를 사고 등록하는 데 대부분 들어갔다. 우리 셋은 300만 원씩 더 걷어 차를 고치고 부속을 갈았지만 그러고도 경비는 한참 부족했다. 뭔가 대책이 필요했다. 여행 중에 차가 수시로 고장 난다면 아무도 이 여행을 예측할 수 없게 된다. 우리에게는 자동차 정비 지원이 절실했다.

혹시나 하는 마음에 현대자동차에 여행 계획서를 보내기로 했다. 다행히 받아 주면 좋고, 혹여 무시되더라도 밑질 건 없다는 생각에 간절한 마음을 담아 이메일을 보냈다.

존경하는 현대자동차 임직원 여러분!

저는 10년 가까이 48만 km를 달려 폐차를 앞둔 현대자동차 E-county 2015년산 미니버스와 함께 1년간 48개국을 돌아오는 세계 여행을 떠나려 합니다. (중략) 이 낡은 차가 세계를 돌아 한국으로 다시 오는 날 현대자동차의 우수성을 전 세계에 알리게 될 것입니다. 제가 원하는 협찬은 여행 중의 정비 서비스 지원입니다. 버스가 도중에 멈춰 서지만 않도록 해 주세요.

현대자동차에 이메일을 보낸 지 두 달이 지난 어느 날, 한 통의 전화를 받았다.

"임택 작가님이신가요? 현대자동차 상용사업본부입니다. 지난번에 요청하신 마을버스 세계 여행 프로젝트 협찬 건이 결재됐습니다.”

“네? 그게 정말입니까?”

“우선 내일 사전 정비팀이 마을버스가 있는 곳으로 갈 겁니다. 그 후에 저희 직영 서비스 공장에 차를 입고시키면 됩니다.”

여행에 서광이 비쳤다. 다음 날 약속한 대로 정비팀이 차가 있는 신내동 주차장에 도착했다. 비가 주룩주룩 내리는 중에도 현대자동차 직원들은 꼼꼼하게 차를 살폈다. 그들은 우리 여행을 마치 자기 일처럼 기뻐해 주었다.

“브레이크 드럼과 연료 필터를 교체하셨군요. 하지만 정비 공장에 입고시켜서 정밀 진단을 받아야 합니다. 특히 이 차에 내장된 ECU라는 컴퓨터 프로그램의 일부를 바꿔야 합니다.”

“ECU요?”

“ECUElectronic Control Unit는 엔진이나 변속기 등을 컴퓨터로 제어하는 장치입니다. 차의 상태를 늘 점검하고 문제가 있으면 예방 조치를 해 주는 장치죠.”

점점 이해하기 어려운 말이 이어졌다. 그저 바퀴가 튼튼하고 브레이크와 엔진에 문제없으면 될 줄 알았는데, 이게 웬 말인가?

“이 차는 시속 60km 이상 속도를 내거나 해발 1,000m 이상 올라가면 운행에 어려움을 겪을 겁니다. 시내버스는 시속 60km 이상으로 달리는 경우가 거의 없기 때문에 설계 단계에서 아예 프

●● 은수를 세심하게 살펴 준 현대자동차 정비팀.

로그램에 속도 제한 옵션을 넣어 둡니다. 이 장치를 풀어야 속도를 낼 수 있습니다. 게다가 해발 1,000m 이상이 되면 기압이 낮아지고 공기 중 산소가 희박해집니다. 그래서 고도에 따라 산소와 연료의 분사량이 달라져야 합니다. 이걸 맞춰 주는 프로그램을 다시 설계해야 합니다. 정비 일정을 잡아서 다시 안내해드릴 테니 공장에 마을버스를 입고해 주십시오."

며칠 후 버스를 정비 공장에 입고시키라는 연락을 받았다. 일산에 있는 현대자동차 정비소에서 마을버스 정밀 진단이 시작됐다. 마을버스는 여기저기에 문제가 있었다. 특히 4개의 바퀴와 차체를 떠받치고 충격을 흡수하는 강판 스프링이 기능을 상실해 버렸다고 했다. 떼어 놓은 강판은 혼자 들 수 없을 정도로 무거웠다. 차를 생산한 지 오래되어 부속을 구하는 데도 애를 먹었다고 했다.

정비는 한 달이 넘도록 끝날 기미가 보이지 않았지만, 그 덕분에 은수는 더욱 건강해지고 있었다. 2014년 9월 중순, 드디어 모든 정비가 끝났다. 현대자동차의 협조가 없었다면 마을버스 은수는 남미 안데스산맥 어딘가에서 멈춰 섰을지도 모른다.

응원의 손길은 여기서 그치지 않았다. 잘 알려진 아웃도어 기업인 Y무역회사에서도 연락이 왔다.

"낡은 마을버스로 세계 여행을 한다지요? 신문에서 봤습니다."

며칠 전에 '마을버스와 함께하는 세계 여행'에 관심이 있다는 어느 일간지 기자와 인터뷰했는데, 마침 기사가 신문에 실린 모양이었다.

"괜찮으시다면 저희가 캠핑 장비 일체를 지원해 드릴까 합니다. 침낭, 텐트, 코펠 그리고 의류를 제공하겠습니다. 더 필요한 것이 있으면 말씀해 주세요. 저희가 생산하는 모든 제품을 제공해 드릴 수 있습니다."

"그럼 저희가 무엇을 해 드려야 하죠?"

"조건은 아무것도 없습니다. 저도 '인생 2모작'에 공감하는 사람입니다. 부디 저희 꿈을 대신 이뤄 주세요."

유명 인사도 아닌 우리에게 여행 출발 전에 이런 지원을 해 준다는 게 놀라웠다. 게다가 이 회사의 지원은 약속한 1년을 훌쩍 넘기고 여행하는 677일 내내 이어졌다.

여행을 준비하며 그리고 여행길에서 뜻하지 않은 도움을 이곳저곳에서 받았다. 미처 기대하지 못했던 도움들이었다. 무엇보다 이들이 모두 새로운 도전, 그 자체를 응원하는 마음에서 손을 내밀어 주었다는 사실이 뭉클하게 다가왔다. 그만큼 이 여행이 우리 개인의 도전이고 꿈일 뿐만 아니라, 이 사회 다른 구성원에게도 간절한 바람일 수 있다는 생각이 들었다. 이 여행을 잘해야 할 이유가 늘어난 셈이다.

은수가 동쪽으로 간
까닭은?

　처음 계획대로라면 우리의 여행은 중국을 시작으로 하여 서쪽 방향으로 진행되었을 것이다. 아무래도 익숙한 아시아 지역에서 여행을 시작하고 싶었고, 반대 방향의 중남미에 대한 막연한 두려움도 한몫했다. 하지만 만리장성을 쌓은 민족답게 중국 여행의 벽은 높고 견고했다. 중국은 외국인이 자기 나라를 마음대로 헤집고 다니는 것을 꺼리는 것 같았다. 여러 가지 장벽을 쌓아 외국인의 자동차 여행을 어렵게 만들었다.

　중국은 자동차 반입 조건이 아주 까다로웠는데, 무엇보다 반입 차량의 값에 해당하는 보증금을 중국 정부가 지정하는 기관에 기탁해야 했다. 이는 반입 차량의 불법 거래를 막기 위한 것으로, 여행을 마치고 반출 증명을 하면 보증금을 돌려주는 이 제도는 다른 나라에도 있다. 다만 간단한 확인 서류만 있으면 국경에서 신속하게 보증금을 환급해 주는 다른 나라와 달리, 중국은 법원에서 반출 증명을 받아야 하는데 그 과정이 까다로웠다. 당시 수년 전에 입국한 독일 바이커가 돈을 돌려받지 못하고 있다는 소문도 들었다.

그뿐만 아니라 5년 이상 된 차에는 아예 반입의 기회가 없었다. 국제 운전면허증도 허용되지 않아, 직접 차를 운전하려면 중국에서 운전면허를 취득해야 했다. 더구나 차에는 중국인 가이드가 반드시 동승해야 하고 이 비용을 지불해야 했다. 이토록 까다로운 제도는 오지 말라는 의미일까?

"시진핑에게 편지를 씁시다."

"일단 차를 중국에 수출하고 우리가 다시 사면 어떨까요?"

이런저런 말도 안 되는 아이디어가 쏟아졌다. 여러 차례에 걸쳐 중국 대사관에 문의했으나 돌아오는 대답은 아예 입국이 안 된다는 대답뿐이었다. 그러던 어느 날, 나를 찾아온 조선족 동포에게 귀가 솔깃한 말을 들었다. 그는 어찌어찌 내 사정을 들었다면서 이야기를 꺼냈다.

"일단 차를 고철로 수출합네다. 이 고철 차를 중국에서 찾아 번호판을 달고 다시 몰고 다닌다는 말입네다. 그리고 나갈 때는 분해해서 고철로 다시 국경을 통과합네다. 간단하지 않습네까? 물론 중국 번호판과 서류는 가지고 가야 하고요."

"그건 불법 아닙니까?"

"불법이지만 걸리지만 않으면 일 없습네다."

그동안 나온 아이디어 중에서 역대급이었다. 제법 그럴듯하게 들리기도 했다. 오랫동안 이 일에 골몰하다 보니 분별력이 없어졌는지 아주 잠깐이었지만 우리 일행은 환호하기도 했다.

여행이 점점 미궁에 빠져들었다. 중국이라는 벽은 우리의 계획을 통째로 흔들고 있었다. 중국은 세계 여행에 반드시 포함되어야 할 중요한 나라였다. 그러나 중국 때문에 여행의 의지가 꺾이고 있었다.

그러던 어느 날 나는 문득 세계 여행에서 굳이 중국이 첫 번째일 이유가 없다는 생각이 들었다.

"중국에서 시작하는 게 어렵다면 굳이 서쪽으로 갈 필요가 있을까요? 우리 여행을 동쪽으로 시작합시다."

"맞아요. 가장 어려운 나라를 가장 나중에 두는 거죠. 어차피 세계 여행이잖아요?"

"왜 이 생각을 못 한 거지?"

우리는 서로를 바라보며 스스로 자랑스러워했다.

"세계를 돌아서 마지막에 중국 국경에서 물어보는 거예요. 어쩌면 국경 관리가 허락해 줄지도 몰라. 진정성이 있잖아."

일행의 얼굴은 이미 세계 여행을 완성한 것처럼 상기되었다.

"먼저 미국으로 들어가 북미를 여행하고 남미로 내려갑시다. 브라질에서 유럽으로 가는 경로도 좋네요."

모든 게 일사천리로 진행되는 듯했다. 하지만 또 다른 난관에 부딪쳤다. 낡은 자동차는 미국 입국이 어렵다는 것이다. 바로 강력한 배출가스 규제 때문이다.

"항구에서 배출가스 양을 조사하는데, 배출가스 양이 10%가 넘으면 입국이 거절된다고 해요."

"다른 방법이 없을까요?"

"미국은 OECD 회원이고 배출가스 규제 국가라서……."

우리에게 여러 정보를 제공해 준 현대자동차 정비팀 직원이 난감하다는 듯 말을 흐렸다. 우리는 '배출가스 규제 국가'라는 말에 주목했다.

"그럼 규제 국가가 아니면 상관이 없나요?"

"네, 그렇습니다."

"그럼 남미에는 규제가 없을까요?"

"네, 거기에는 규제하는 나라가 없습니다."

계획은 급속도로 수정되어 세계 여행을 시작할 곳이 중국에서 미국으로, 다시 남미로 바뀌었다.

　나중에 알게 된 사실이지만 미국 입국 시 규정은 주마다 달랐다. 오염이 심한 미국 서부의 항구는 규제가 강력했지만, 동부로 갈수록 항구에서의 규제는 약했다. 그래서 남미 여행을 마친 은수가 미국 마이애미 항구로 도착했을 때는 별다른 규제가 없었다. 그 이후 어느 나라에서도 배출가스로 인한 문제를 겪지 않았다.

　마치 콜럼버스의 달걀처럼 생각을 전환해서 중국을 세계 여행 경로의 가장 마지막에 놓자, 굳게 닫힌 것만 같던 세계를 향한 문이 활짝 열렸다. 미로에 갇힌 쥐가 나갈 구멍을 찾듯이 우리는 출구를 찾아낸 것이다. 그렇게 우리 여행의 시작은 해 뜨는 동쪽으로 결정되었다.

좌절할 수 없는
이유

　예정보다 이틀 늦은 2014년 10월 25일, 은수는 첫 여행지인 페루의 리마로 떠났다. 태평양을 가로질러 50여 일을 항해한 후 그곳에 도착할 터였다. 우리 일행은 은수가 도착하는 날에 맞추어 비행기로 떠날 예정이었다.

　비행기표를 끊고 나니 우리 가족의 마음도 바빠졌다. 그동안 여행 준비에 가려졌던 가족의 존재가 고스란히 다가왔다. 내 꿈을 실현하기 위해 동분서주하는 모습을 그저 지켜보기만 하던 가족이었다. 어쩌면 여행 준비에 바쁜 내게 소외되었다는 서운함도 있었을 것이다. 떠날 날이 다가오자 딸 채린이가 제안했다.

　"아빠, 우리 가족 여행을 해요."

우리 가족은 제주도로 여행을 떠났다. 내가 떠난 후 가족이 어떻게 지낼지에 대한 이야기는 가급적 삼갔다. 내가 먼 여행지에서 겪을 일들에 대해 막연한 두려움을 느끼는 만큼, 가족도 걱정이 많았을 것이기 때문이다. 우리는 되도록 남미의 아름다운 자연과 신비스러운 잉카와 마야인에 대해 이야기하고자 했다. 각자 마음속에 있는 걱정을 묻어 두고 서로의 마음을 보듬느라 애쓰는 게 역력했다. 그러나 그동안 꾹꾹 눌러 온 걱정 보따리는 폭발력이 컸다. 재미있는 이야기로 한바탕 웃다가도 순간 짧은 정적이 흐르곤 했다. 대화는 접촉 불량의 전구처럼 깜빡거렸다.

"아빠, 내년 7월까지는 돌아오실 수 있어요?"

딸아이가 여행 이야기를 자르며 갑작스럽게 질문했다.

"왜? 아마도 내년에는 들어오기 힘들 것 같은데……."

"아버지가 돌아오면 결혼하려고 해요. 우리도 계획을 세워야 하는데 언제쯤 여행을 마치시는지 궁금해서요."

얼마 전 아내에게 딸이 결혼을 염두에 둔 사람과 만나고 있다는 이야기를 들었다. 딸의 결혼은 나의 세계 여행이 끝난 후에야 가능한 일이었다. 그러나 사실 여행이 언제야 끝날지 확정할 수 없으니 나는 모른 척하던 차였다.

"그럼 내후년 3월에는 돌아오실 수 있을까요?"

"그럼! 그때면 충분히 돌아오지. 약속할게."

딸은 아버지가 1년 후에도 돌아오지 못할지 모른다고 생각한 모양이다.(12개월을 계획한 나의 여행은 22개월을 넘기고서야 끝났으니 딸의 생각이 맞았다. 나는 여행 도중 잠시 일정을 중단하고 딸의 결혼식을 위해 귀국해야만 했다.)

게다가 집을 떠나는 건 나만이 아니었다. 아들 채욱이도 네덜란드에 교환 학생으로 가게 되어 조만간 집을 떠나야 하는 시기였다. 평생 뭉쳐 살아온 가족이 콩가루처럼 흩어지게 됐다. 아내는 내면이 강한 사람이라, 나와 달리 어려움을 겉으로 드러내지 않는 편이다. 이런 아내가 그동안 마음속으로 삭인 것이 얼마나 많았을까? 내가 떠나면 아내가 기댈 기둥은 아이들이었을 텐데, 아들마저 집을 떠나니 아내를 지탱해 주던 기둥이 무너져 내리는 느낌이었을 것이다. 그런데도 아내는 여행을 앞둔 내게 부담 주지 않으려고 애쓰고 있었다.

"집 걱정은 하지 말고 떠나요."

아내는 끙끙거리며 고민하는 나에게 걱정하지 말고 떠나라며 위로했다. 미안한 마음은 이루 말할 수 없었지만, 아내의 배려와 도움은 큰 재산이었다. 1년이라는 기간은 우리 부부에게 남은 인생을 생각할 때 짧은 시간은 아니었다. 남편 없이 가장의 역할을 할 아내가 너무도 마음에 걸렸다. 아내는 내색하지 않았지만 두려움과 걱정이 한 보따리였을 것이다.

담대해 보이던 아내도 떠나는 날이 다가오자 나약함을 감추지 못했다. 나는 밤늦도록 잠 못 이루는 날이 많아졌는데, 그때마다 아내의 앓는 소리가 잠꼬대로 흘러나오는 것을 들었다. 안타깝고 미안한 밤이 늘어만 갔다.

'내가 도대체 무슨 짓을 꾸민 거지?'

'정말 이래도 되는 건가?'

나약해진 마음에 후회가 끼어들었다. 출발하기로 한 날이 무섭게 달려오고 있었다.

2014년 12월 1일, 나보다 열흘 먼저 떠난 일행의 뒤를 따라 비행기에 몸을 실었다. 인천공항까지 배웅하러 온 가족과의 이별에는 인내가 필요했다. 우리는 애써 다른 이야기를 하며 진심을 감췄다. 테이블에 앉을 때도 나를 닮아 눈물 많은 딸 채린이의 눈을 피하려고 나란히 앉았다.

"건강 조심하고, 밥 잘 먹고 다니도록 해요."

"위험한 곳은 가급적 피하세요."

평소 말수가 적고 조용하던 아내가 말이 많아졌다. 공항 라운지에서 점심으로 무엇을 먹었는지 생각나지 않지만, 밥을 먹는 내내 '나는 울지 않을 거야.' 하고 다짐한 기억이 선명하다.

"아버지, 항상 가족이 있다는 것을 명심하세요. 유럽에 오시면

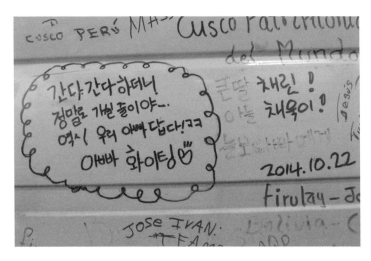

●● 딸과 아들이 적어 준 응원의 글.

저도 아버지 차에 탈게요. 함께 여행해요."

한 달 후에 네덜란드로 떠날 아들과는 유럽에서 만날 것을 약속
했다.

"아버지, 이제 비행기 타러 들어가셔야 해요."

아내와 아들과 딸을 차례로 안았다.

"아버지 없는 동안 엄마를 잘 부탁해."

"아버지도 건강하시고 꿈을 이루세요."

"아버지 잘 다녀오세요."

나는 서둘러 출국장으로 향했다. 빨리 이 상황을 벗어나고 싶었
다. 더 늦으면 대성통곡이 벌어질 것이 뻔했다. 뒤돌아보지 않으

려고 했지만, 가족에게 매정하게 보일 것 같아 자신만만한 표정을 지으며 돌아서 인사했다.

출국장으로 바삐 걸어가며 나는 성공한 사람이라고 생각했다. 이만큼 가족의 지지와 응원을 받고 있다니, 이게 성공이 아니면 뭔가? 나는 가족이라는 든든한 후원자를 등에 업고 내 꿈을 향해 떠났다.

내가 출발하고 얼마 후에 딸은 회사 웹진에 글을 썼다고 한다. 〈나의 아버지〉라는 제목의 글에 이런 문장이 있었다.

'우리 아버지는 포기하지 않고 씨를 뿌리는 농부와 같다.'

내가 좌절할 수 없는 이유다.

PART 2

아메리카 대륙을 달리다

나는 흥분을 주체할 수 없어 고래고래 소리를 질렀다.
마을버스 은수가 남미의 칠레에서
시속 120km로 대형차를 추월한 것이다.
이번 여행을 통틀어 가장 극적인 순간으로 꼽을 만했다.
어쩌면 이 여행이 시작된 이유였는지도 모른다.

'한계를 미리 정해 놓고 도전을 포기하면 죽을 때 후회한다.'

공항 노숙자가 된
사연

　사랑하는 가족을 뒤로하고 탑승한 LA행 비행기가 활주로를 차고 올랐다. 내가 딛고 살던 땅이 하나의 점이 되어 이내 어둠 속으로 사라져 버렸다. 나는 LA에 도착하여 그곳에 사는 누님 부부를 방문한 후, 곧장 마이애미를 경유하여 페루 리마로 향했다.

　그런데 마이애미 공항에서 뜻하지 않은 일이 발생했다. 내가 가진 리마행 티켓은 아메리칸항공의 대기표였는데 리마행 비행기가 만석이었던 것이다. 미국인에게 우리나라 추석과 같은 큰 명절인 추수감사절 때문이었다. 밤 11시 비행기도 만석이지만 나보다 우선하는 대기자가 1명뿐이라는 직원의 말에 7시간을 공항에서 기다렸다. 그러나 그 비행기는 대기자를 1명만 태우고 떠났고,

나는 깊은 밤 마이애미 공항에 버려진 신세가 되었다.

그런데 나처럼 선택받지 못한 사람이 또 있었다. 페루 리마에 산다는 73세의 다니엘 씨와 나는 외로움과 두려움으로 하나가 되었다.

"호텔에 가실 거면 같이 가실래요?"

숙박비를 N분의 1로 나누려는 짠돌이 본능에 제안해 봤지만 그는 거절했다.

"난 여기서 잘 거야. 벌써 이틀이나 여기서 잤는데, 뭘."

그를 따라 나도 마이애미 공항 노숙자가 되었다. 먼지 냄새 퀴퀴한 탑승구 쪽 구석에 자리 잡았다. 어려움을 당할 때 친구는 용기를 주는 존재다. 영어를 아예 못하는 페루아노와 어눌한 영어를 쓰는 꼬레아노는 친구가 되었다. 우리는 긴 시간 참 많은 이야기를 나누었지만, 오랜 대화에 비해 알게 된 사실은 초라했다. 그의 이름이 다니엘이고 나이가 73세이며, 집은 페루 리마인데 두 딸이 미국에 산다는 것. 내가 가까스로 해독해 낸 이 우주인과의 대화 내용이었다. 그가 비행기를 이미 4번이나 놓쳤고, 성공할 때까지 대기할 거라는 게 놀라웠다. 그의 조상도 우리 조상처럼 쑥과 마늘을 먹고 인내했나 보다.

여행의 첫 밤을 공항 대합실에서 노숙했다. 다음 날 첫 비행기도 만석이었다. 항공사 직원도 어쩔 수 없다며 어깨를 들썩였다.

게다가 앞으로 있을 비행기도 다 만석이라고 했다. 혹시 자리가
난다고 해도 다니엘이 있는 한 양보할 수밖에 없는 처지였다. 친
구가 된 마당에 나 먼저 타겠다고 할 수는 없었으니까.

새벽 4시, 항공사 직원이 콜롬비아 항공사인 에비앙카항공에
자리가 있다고 알려 주었다. 결국 나는 아메리칸항공 대기 예약
을 취소하고 20여 분을 걸어서 에비앙카항공 카운터로 갔다.
"리마행 편도표 1장 주세요. 얼마죠?"
"1,310달러입니다."
귀를 의심했다. 여웃돈으로 1,500달러를 가지고 왔는데 비행기
표로 다 털리게 생겼다. 화가 났지만 별수 없었다.
"페루 국민이 아니네요? 그럼 왕복표를 사셔야 합니다. 편도표
는 페루 국민만 가능합니다."
여권을 확인한 항공사 직원의 말은 나를 더욱 화나게 했다. 그
의 말을 제대로 이해하지 못한 나는 비싼 왕복표를 강매하려는
장사꾼 속셈이라고 생각했다. 1시간 가까이 항의하고 편도표를
달라며 생떼를 썼다. 항공사 직원은 종이에 무언가 열심히 써 보
이며 완강하게 거절했다.
"지금 가진 돈이 별로 없어요. 그러니 왕복표를 살 수 없습니다.
게다가 저는 페루에서 버스로 세계 여행을 떠날 거란 말입니다.

그러니 돌아오는 표는 필요 없다고요.”

나는 화를 내다가도 틈틈이 사정했지만 소용없었다. 이러는 사이 남은 표가 점점 줄고 있었다. 아쉬운 쪽은 나였다.

“왕복표는 얼마예요?”

항공사 직원이 종이에 1,438달러라고 써 주었다. 다행히 생각보다 큰 차이가 아니었다. 직원이 표를 검색하는 동안 이야기는 자연스럽게 마을버스 세계 여행으로 흘러갔다. 나는 서툰 영어로 설명하며 휴대폰에 저장된 마을버스 사진을 보여 주었다. 주위의 항공사 직원들이 내 말에 관심을 보였고 엄지손가락을 추켜올리는 사람도 있었다.

마을버스 세계 여행의 이야기는 표를 검색하던 직원의 태도도 바꾸었다. 그토록 냉랭하던 직원이 더 싼 표를 알아보겠다며 고맙게도 사무실을 들락거렸고 어디론가 전화를 걸기도 했다. 최종적으로 그가 내민 가격은 처음에 말해 준 편도표 가격보다도 저렴한 1,246달러였다. ‘브라보!’ 돈을 아끼게 된 것뿐만 아니라, 그가 내가 하는 여행의 가치를 알아 주었다는 게 기뻤다.

“서두르세요. 지금 바로 타야 합니다. 짐은 어디에 있죠?”

“아메리칸항공에 있습니다.”

“아이고, 그럼 이 비행기도 못 타겠네요. 짐을 되찾는 데 시간이 많이 걸리거든요.”

우리나라 항공기와는 달리 아메리칸항공은 대기표 구매자도 일단 짐을 부친 후에 탑승구에서 대기하게 한다는 사실을 깜빡 잊고 있었다. 한바탕 소동이 벌어졌다. 결국 최종적으로 받아 든 탑승권은 오후 3시에 출발하는 리마행 직행표였다. 다행히 아까 직원이 찾아 준 것과 거의 비슷한 가격이었다.

　　비행기에 오른 후, 나는 다시 한 번 필담을 주고받은 종이를 펼쳐 보았다. 항공사 직원이 나와 실랑이하던 중 내민 종이였다. 노란 줄을 친 문장이 눈에 들어왔다. '페루를 방문하는 자가 왕복표를 가지고 있지 않은 경우에는 입국을 불허한다.' 비로소 오해가 풀렸다. 항공사 직원이 얼마나 답답했을까? 그토록 설명해도 못 알아들었으니.

　　원래 한국에서 구입한 아메리칸항공 대기표는 편도표였다. 만일 내가 그 표를 가지고 무사히 아메리칸항공을 탔다면, 나는 페루에 도착해서 입국을 거부당했을지도 모른다. 그랬다면 많은 돈과 시간, 에너지를 낭비했을 텐데, 다른 비행기로 바꾸면서 왕복표를 구입한 덕분에 입국 거부라는 사태를 피하게 된 것이다. 전화위복이었다.

계획한 대로
되지 않는 게 여행

드디어 우리 일행은 페루의 리마에 모였다. 하지만 리마항에 도착한 은수를 찾고, 따로 부친 여행 물품들이 도착하기를 기다리느라 바로 여행을 시작할 수 없었다. 약 10여 일을 온다코리아라는 한인 민박집에서 묵는 동안 일행이 두 명 더 생겼다.

민박집 주인 박우물 씨는 남미 여행 경험이 풍부했는데, 남미 정보에 어두운 우리가 일정 기간 함께하길 간청하자 흔쾌히 수락했다. 그는 볼리비아를 지나 아르헨티나로 넘어가는 국경 도시 비야손Villazón까지 우리와 동행하며 길잡이 역할을 톡톡히 해 주었다. 또 한 사람은 캐나다에서 온 레오 정이라는 청년이었다. 그는 휴가를 얻어 페루에 왔다가 버스에 올라타게 되었다. 그는 아르헨티나의 부에노스아이레스까지 우리와 함께하다가 캐나다로 돌아갔다. 이제 우리 일행은 한국에서 함께 온 O씨 부부 그리고 J를 포함하여 총 6명이 되었다.

드디어 남미 여행이 시작되었다. 리마를 빠져나오자마자 바로 사막이었다. 사막은 내 생에 단 한 번도 경험해 보지 못한 환경이었다. 태평양에 떨어진 빛이 어찌나 반짝이며 튀어 오르는지 눈을 뜨기 힘들었다. 잘게 부서진 유리 조각에 빛이 반사되는 것처럼 보였다. 어릴 적 상상하던 잉카 문명을 품고 있는 안데스를 넘는 길이었다. 이 산맥을 넘으면 험준한 계곡이 입을 벌리고 있는 볼리비아에 다다르고, 그 너머에는 파라과이와 탱고의 나라 아르헨티나 그리고 칠레가 기다리고 있을 것이다. 설레는 마음에 두려움이 끼어드는 시점이었다.

우리 일행이 페루 여행에서 첫날 밤을 보내려는 곳은 이카Ica라는 도시였다. 이카는 와카치나Huacachina라는 오아시스 마을로 유명한 도시로, 리마로부터는 약 300km 떨어져 있다. 승용차로는 4시간 거리지만, 시속 60km도 버거운 은수가 그 시간에 가는 것은 어림도 없었다. 도로는 비교적 잘 정비되어 있었다. '팬 아메리칸 하이웨이Pan-American Highway'라고 하는 이 도로는 북미와 중남미를 관통한다. 이 도로를 따라 그대로 달리면 육지의 끝에 도달한다.

● ● 처음으로 경험한 페루의 사막에서.

　태평양에서 불어오는 해풍은 거친 들판에 거대한 모래언덕을 만들어 놓았다. 언덕에 올랐을 때 느껴지는 바람의 기세는 절정이었다. 자연도 텃세를 하는지, 세찬 바람이 달리는 은수를 후려치곤 했다. 그때마다 은수는 맥없이 휘청거려 우리의 등골을 오싹하게 만들었다.

　단조로운 풍경이 지루하게 이어졌다. 가끔 저 멀리 검은 지붕을 한 단층 건물들이 보였지만 무얼 하는 곳인지는 알 수 없었다. 몇 개의 작은 도시를 지났다. 도시는 규모만 다를 뿐 우리가 묵었던 리마의 변두리와 크게 다르지 않았다. 길은 무질서했고 사람들은 거리낌 없이 도로를 횡단했다. 차가 속도를 줄이지 않고 달렸지만, 노련한 그들은 곡예사처럼 피해 다녔다.

우리는 가끔씩 작은 상점에 들러 먹을거리를 사곤 했다. 그럴 때마다 낯선 장면과 마주했다. 아무리 작은 상점이라도 예외 없이 굵은 철창이 설치되어 있었고, 작게 뚫린 구멍을 통해 물건을 사야 했다. 주인은 작은 구멍 사이로 얼굴을 내밀고 주위를 살핀 다음 주문을 받았다. 구멍 안으로 돈을 넣으면 물건이 나왔다. 사람들과 눈이 마주치면 그들의 눈빛에서 묻어나는 두려움과 호기심을 엿볼 수 있었다.

리마를 떠나 남미 여행을 시작한 지 몇 시간이 지나지 않았지만, 일행은 묘한 긴장 속으로 빨려 들어갔다. 여행을 준비하며 들은 두려운 이야기가 어쩌면 사실일 거라는 생각이 들었다. 일행의 말수가 줄기 시작했다.

가끔 차창 밖으로 산간 지방에서 온 듯한 인디오의 모습이 보였다. 인디오 대부분은 깊은 산간에서 자급자족하며 전통적인 삶을 이어 간다. 주로 감자와 옥수수를 재배하고, 야마llama(라마)를 키우며 살아가는 것이다.

인디오 여인들은 대부분 둥그런 모자를 쓰고 있는데, 챙이 좁고 머리를 덮는 부분은 볼록하게 튀어나와 전체적인 균형감이 없어 보였다. 머리는 한결같이 양쪽으로 땋아서 등 뒤로 늘어뜨렸다.

모자 형태는 나이에 따라 조금씩 다른 것 같았다. 나이가 어릴수록 챙이 넓고 화려했고, 나이 든 여자의 모자는 단조롭고 어두운 색이 많았다.

인디오 여인들은 신체적인 특징도 뚜렷했다. 작은 키에 짧은 다리, 크고 두꺼운 가슴과 큰 엉덩이 등은 그들이 살아가는 환경과 밀접한 관련이 있다고 한다. 공기가 희박한 고산 지역에서 생활하다 보니, 적은 산소를 효율적으로 사용하기 위해 폐와 심장이 발달했을 것이다. 키가 크면 산소를 몸 구석구석까지 운반하기가 쉽지 않으니 작은 키가 유리했을 것이다. 이들의 신체 구조는 이런 거친 환경에 최적화된 것 같았다.

반면 스페인계 혼혈인 메스티소의 체형은 서구인에 가까웠다. 메스티소는 주로 도시에 살며 나라의 경제권을 쥐고 있다. 높은 교육 수준과 문화생활을 영위하는 이들은 자부심이 강하다고 한다. 하지만 메스티소의 역사는 또 하나의 그늘이다. 수백 년간의 스페인 통치는 인디오의 삶을 절망으로 몰아넣었다. 수많은 인디오의 희생을 바탕으로 스페인은 세계를 호령했다. 메스티소의 절반은 착취당한 인디오 혈통이며, 나머지 절반은 착취를 자행한 스페인 사람의 혈통이니 슬픈 정체성과 역사를 보여 준다.

오후 4시경 목적지인 이카에 도착했다. 이카는 사막에 있는 작은 도시다. 우리는 시 외곽에 위치한 와카치나라는 오아시스 마을에 묵을 예정이었다. 그런데 우리의 길잡이가 이 마을로 들어가는 입구를 찾지 못했다. 차를 여러 번 돌려 입구를 찾으려고 했으나 헷갈린다는 말만 되풀이했다.

"분명히 이 길이었는데……."

길 가는 사람에게 물어보면 될 텐데, 그는 우리를 이리저리 끌고 다니기만 할 뿐 길을 물을 생각은 하지 않았다.

"사람들에게 길을 좀 물어봐요. 저 사람들은 알지 않을까요?"

하지만 그는 내 말을 들은 척도 하지 않고, 와카치나 입구를 찾느라 1시간 넘도록 헤매고 있었다. 원래 와카치나를 가려던 이유는 거대한 모래언덕에서 보는 일몰 때문이었다. 그러나 우리는 온종일 사막의 뜨거운 열기를 헤치며 오느라 지쳐 있었다. 굳이 여기서 더 헤매는 것은 시간 낭비로 여겨졌다.

"여기서 나스카Nasca까지 얼마나 걸리죠? 가까우면 나스카에 가서 잡시다."

"나스카까지는 2시간 거리입니다. 그냥 거기로 갈까요?"

"그럽시다. 어차피 남미 일주하고 이곳을 또 지나니, 이카는 그때 보면 되잖아요?"

이미 어둠이 깔리기 시작했지만, 나스카로 가자는 데 모두 의견이 일치했다. 나스카는 누가 그려 놓았는지 모를 사막의 그림

● ● 유네스코 세계 문화유산으로 지정된 그림이 그려진 나스카 평원.

들이 세계적인 불가사의로 꼽히며 유명해진 곳이다. 우리는 밤이 꽤 깊어서야 나스카에 도착했다. 사막에서 지내는 첫 밤이었다. 그러고 보니 우리 일행은 하루 종일 제대로 먹은 게 없었다. 밤이 늦어 식당이 모두 문을 닫았기 때문에 각자 흩어져 식사를 해결해야 했다. 나는 길거리에서 무슨 고기인지 모를 튀긴 음식을 먹고 차로 돌아왔다.

그런데 우려하던 문제가 발생했다. 바로 잠자리 문제였다. 일행 중 한 사람이 아내를 데리고 왔다. 원래 계획에는 없던 일인데 이것이 여행에 꽤 큰 영향을 주었다. 우리는 야영을 하기 위해 마을버스를 개조하여 침상을 만들고 캠핑 장비를 챙겨 왔다. 좁게 자면 6명까지 취침이 가능했지만, 일행의 아내까지 재울 곳은 없었다. 결국 저녁이면 두 사람을 위해 호텔을 찾아야 했고, 나는 이들이 투숙을 마친 후에 다시 차를 몰고 야영할 곳으로 가야 했다. 아침에도 나는 이들보다 먼저 일어나 밥을 해 먹고 나서 호텔로 픽업을 가야 하는 상황이 반복됐다. 자고 먹는 것을 차에서 모두 해결하겠다는 애초 여행 계획에 차질이 생겼다. 서로 불편한 게 이만저만 아니었다.

야심차게 남미 일주를 시작한 첫날부터 우리의 일정은 그렇게 어긋났다. 계획과 전혀 다른 도시에서, 예정에 없던 방식으로 첫날 밤을 보냈던 것이다.

달팽이처럼 기어오른
안데스산맥

마추픽추Machu Picchu에 가기 위해 해발 4,600m의 안데스산맥을 넘었다. 한 번도 해발 200m 이상에서 달려 본 적 없던 은수는 며칠째 안데스의 가파른 산길을 엉금엉금 오르느라 사투를 벌였고, 일행 모두 기진맥진했다.

고통스러운 잠에 빠져든 사람이 있는가 하면, 몇몇은 얼굴이 누렇게 부어서 연신 물을 마셔 댔다. 고도가 높아질수록 고산병이 심해졌다. J와 캐나다 교포 청년 레오는 머리가 깨질 것 같다며 드러누웠다. 아니, 기절했다는 표현이 적절할 것 같다. 나는 이따금 길가에 차를 세우고 이들의 코에 휴지를 대어 숨을 쉬는지 확인했다. 그나마 다행인 점은 운전대를 잡은 내게 고산증이 없었다는 것이다.

안데스산맥에는 해발 5,000m가 넘는 설산이 수두룩했다. 고봉들 사이로 길고 가느다란 뱀이 지나가는 것처럼 길이 끝도 없이 이어졌다. 굽이굽이 산을 돌고 돌아서인지 아무리 달려도 제자리인 것만 같았다.

산소량은 고도에 따라 차이가 나기 때문에 고도가 높아질수록 산소가 희박해져서 엔진은 더 많은 공기를 들이마셔야 했다. 이런 환경에서 자동으로 조절해 주는 장치가 있는데, 깜빡하고 조절 장치를 바꾸어 놓는 걸 잊었다. 그러다 보니 안데스산맥 정상에 가까워질수록 엔진에 공급되는 산소가 충분하지 않아 은수는 힘을 내지 못했다. 엔진이 꺼지지 않은 게 다행일 정도였다.

은수는 산소가 부족해지자 느린 달팽이처럼 산길을 기어올랐다. 우리 차만 그런 게 아니었다. 앞서가는 큰 트럭이나 버스도 속도를 못 내기는 마찬가지였다. 겨우 시속 20km로 하루를 꼬박 운전했는데도 가야 할 길은 크게 줄지 않았다.

사흘에 걸쳐 오르막을 달리고서야 내리막길이 시작됐다. 내리막길에서는 올라올 때와 반대로 속도를 줄이느라 신경을 곤두세웠다. 깎아지른 절벽을 따라 만들어진 길에서 공포를 느꼈다. 왼쪽 절벽에는 낙석의 위험이, 오른쪽 낭떠러지에는 추락의 위험이 있어 한시도 마음을 놓을 수 없었다. 내겐 심한 고소공포증까지 있었다. 운전하다가 슬쩍 계곡을 내려다볼 때면 정신이 아득해졌다가 돌아오곤 했다.

내려오는 내내 속도를 줄이려고 브레이크를 밟았더니 다리에 쥐가 날 정도였다. 어떤 길은 낭떠러지와 바퀴 사이의 거리가 불과 30cm도 되지 않았다. 순간적으로 수많은 생각이 오갔다.

'길이 무너지지 않을까?'

'펑크 나면 어쩌지?'

'브레이크가 파열되면?'

등에서 식은땀이 흘렀지만 되돌아갈 수도 없는 처지였다. 핸들을 잡은 손이 바들바들 떨렸다. 계곡 아래로 추락한 트럭이 하늘을 향해 벌러덩 누운 것을 보자 공포감이 극에 달했다. 그렇다고 일행에게 두려운 마음을 드러낼 수도 없는 노릇이었다. 외로운 사투가 이어졌다. 길은 거대한 갈 지(之) 자를 그리며 계곡 아래로 향하고 있었다. 올라온 길이 길었던 만큼 내려가는 길도 가파르고 길었다.

열심히 계곡을 내려가는데, 길가에 빼곡하게 들어선 십자가들이 눈에 띄었다. 처음엔 페루의 국교가 가톨릭이다 보니 '이 사람들, 신앙심이 아주 깊구나. 이렇게 경치 좋은 곳에 십자가까지 세워 놓다니.' 하고 생각했다. 나중에 안 사실이지만 안데스산맥은

● ● 안데스의 가파른 절벽에서 희생된 사람들을 추모하는 시설.

가파르고 험해서 '죽음의 도로'라고 불리는 산길이 많았다. 자동
차가 추락하는 일이 많아 그렇게 부른다고 했다. 그리고 길가 절
벽 끝에 세워진 십자가는 낭떠러지로 떨어져 죽은 사람들을 추
모하는 것이었다. 공포감에 떨며 지나온 그 길이 '죽음의 도로' 중
한 곳이었던 것이다.

　한국에서 현대자동차 정비팀 직원이 했던 조언은 그 길을 내려
온 후에야 생각났다.
"장시간 내리막길을 가실 때는 브레이크 사용을 자제해야 합
니다."
"그럼 어떻게 속도를 줄이나요?"

● ● 세계 불가사의 중 하나인 마추픽추(위)와 안데스에 많이 살고 있는 야마(아래).

"배기 브레이크라는 게 있습니다. 배기관을 일부러 좁게 해서 속도를 줄이는 장치입니다. 일반 승용차의 엔진 브레이크라고 생각하시면 됩니다. 그걸 사용해야 해요."

정비소 직원은 장시간 브레이크를 사용할 경우 브레이크가 파열되어 큰 사고를 당할 수도 있다고 신신당부했다. 하지만 그때 나는 그 말을 귀담아듣지 못했고, 길고 가파른 도로를 내려오는 내내 브레이크를 밟아 댔다. 바퀴에서 열이 펄펄 끓었지만 전혀 알아채지 못했다.

천신만고 끝에 우리는 안데스산맥을 무사히 넘어 쿠스코Cusco 에 당도했다. 은수의 브레이크는 마추픽추가 있는 쿠스코에서야 파열됐다. 대자연의 장관을 마주하는 순간 숨이 멎을 만큼 좋았지만, 지금 생각하면 마추픽추도 못 보고 추모비만 하나 더 세워 놓을 뻔한 아찔한 시간이었다.

볼리비아에
울려 퍼진 아리랑

은 광산으로 유명한 볼리비아의 포토시Villa Imperial de Potosí를 지나, 아르헨티나 국경에 자리한 비야손이라는 도시를 향해 달리던 우리는 볼리비아에서 일어난 광부들의 시위 현장에 갇히고 말았다. 큰 산모퉁이를 돌아서자 멀리 길을 막고 있는 군중이 보였다. 산골 마을 사람들이 길을 막고 시위 중이었다. 차에서 내려 지나가게 해 달라고 사정해 봤지만 소용없었다.

할 수 없이 차를 돌려 코타가이타Cotagaita라는 작은 도시에서 하룻밤을 묵기로 했다. 숙소는 경찰서 앞이었는데, 시위대 진압을 위해 경찰이 집결해 있었다. 중무장한 진압대를 보니 시위가 격렬하리라는 짐작이 들었다.

다음 날 이른 아침, 발이 묶였던 자동차들이 일제히 시동을 켜고 황급히 숙소를 빠져나가고 있었다.

"무슨 일이죠?"

"시위대가 10분 동안만 바리케이드를 치운답니다. 빨리 서두르세요."

일시적으로 길이 열린다는 말에 부지런히 차를 몰았다. 지역 주민의 불편 해소를 위해 10분간만 통행이 허용됐고, 우리도 이 틈을 노려 지나가고자 했다. 하지만 이들은 우리 차의 바로 앞에서 가시나무와 큰 돌로 다시 바리케이드를 쳤다. 다급한 마음에 억지로 바리케이드를 뚫고 안으로 들어가 봤으나, 시위대 중간에 억류되는 신세가 되고 말았다.

수많은 사람이 성난 얼굴로 버스 주위를 둘러쌌다. 시위대는 나무 막대기를 든 사람, 손에 돌을 든 사람, 삽을 든 사람 등 기세가 만만치 않았다. 어떤 이는 차를 좌우로 밀며 흔들어 댔다.

'차를 부술지도 몰라. 아니, 뒤집어서 불을 지르면 어쩌지?'

등에서 식은땀이 흘렀다. 험상궂은 얼굴을 한 사람들이 앞 유리창을 가득 메웠다.

'침착해야 해. 웃자. 그래, 그냥 웃자.'

나는 일단 차에서 내렸다. 갑자기 "꽝!" 하는 폭발음이 들렸다. 우리를 위협하려고 시위대 중 누군가가 폭약을 터뜨린 것이다.

가슴이 철렁했다. 얼굴에는 애써 미소를 띠었으나, 마음은 이미 십 리 밖으로 줄행랑을 치고 있었다.

'할 수 없다. 이들을 웃겨 주자. 웃으면 고비는 넘길 수 있어.'

나는 두 손을 번쩍 들고 '펠리스 나비다(메리 크리스마스)'를 외쳤다. '그라시아스(감사합니다)' 외에 내가 아는 유일한 스페인어였다. 몇몇 사람의 얼굴에 미소가 비친 걸 보고, 이번엔 아예 펄쩍펄쩍 뛰면서 '펠리스 나비다'를 외쳤다. 미소 짓는 사람이 늘어나자 험악하던 분위기가 한결 부드러워졌다. 이들의 착한 본성이 비로소 얼굴에 드러났다. 무슨 일로 시위하는지는 모르겠으나, 분명 사정이 있을 거라고 짐작했다.

사람들이 우리 버스의 특별 통과 여부를 두고 토론하기 시작했다. 우리가 외국 사람들이고 착해 보이니 보내 주자는 쪽으로 의견이 모인 듯했다. 하지만 시위대 집행부에도 원칙은 있는 법. 속단하기는 일렀다.

마침 우리 버스에는 남미 사정에 밝은 박우물 씨가 타고 있었다. 그는 페루의 수도 리마에서 민박집을 운영하는 가수였다. 나는 박우물 씨에게 즉석 콘서트를 제안했다.

"우물 씨, 우리 여기서 콘서트를 해 보는 게 어떨까요?"

"콘서트를 하자고요?"

박우물 씨는 엉뚱한 제안에 적잖이 놀란 표정이었다.

● ● 우리는 시위대에 둘러싸여 즉석 콘서트를 열었다.

"음악은 세계 공통 언어잖아요. 저 사람들도 좋아할 거예요."

우물 씨가 차에서 기타와 하모니카를 들고 나왔다. 콘서트가 시작됐다. 시위대 중 일부가 버스를 무대 삼아 둘러앉았다. 기타와 하모니카 선율이 메마른 산골에 울려 퍼졌다. 나도 장단에 맞춰 춤을 췄다. 되도록 재미있는 춤사위로 사람들에게 웃음을 주고자 했다.

춤추는 사이사이 사람들 표정을 살폈다. 시위대의 얼굴에서 노여움이 걷히고 있었다. 비로소 안심이 됐다. 우리를 친구로 받아들였는지 얼음과자를 사다 주는 사람도 있었다. 시위하던 사람들이 조용해지자 진압을 서두르던 경찰도 의아한 모양이었다. 스페인 노래를 하던 박우물 씨가 '아리랑'을 부르기 시작했다.

"아리랑, 아리랑, 아라리요, 아리랑 고개로 넘어간다."

경찰과 대치하던 사람들이 하나둘 우리 버스로 모여들었다. 시위가 축제로 바뀌는 순간이었다. 손에 쥔 돌멩이를 내려놓고 박수로 장단을 맞추는 사람까지 있었다. 험악한 얼굴로 일전을 벼르던 젊은이들도 휴대폰 카메라로 우리 모습을 담았다. 인근 지역에서 모인 경찰들이 진압 시간을 저울질하고 있다가, 시위대 안에서 벌어진 예기치 않은 일을 보고 어찌할 바를 몰라 했다.

공연이 끝나자 시위대가 갑자기 가시나무와 돌로 만든 바리케이드를 치우기 시작했다. 경찰들도 전열을 풀고 철수하고 있었다. 시위대와 진압 경찰의 협상이 결실을 본 모양이다. 시위대는 공연을 끝내고 떠나는 우리 일행이 잘 지나갈 수 있도록 차를 인도해 주었다. 손을 흔들며 따라오는 사람들 모습이 백미러로 보였다.

위급한 상황에서의 짧은 콘서트였지만, 아리랑을 부르며 너나없이 친구가 되었다. 데오 그라시아스Deo Gratias!

청년이 된
은수

"드디어 은수가 해냈습니다. 이제 은수는 청년이 되었어요."

"와아!"

가슴 졸이던 일행에게서 탄성이 흘러나왔다. 나는 흥분을 주체할 수 없어 소리 질렀다. 마을버스 은수가 남미 칠레에서 시속 120km로 앞의 대형차를 추월한 건 마을버스 세계 여행 중 가장 극적인 사건으로 꼽을 만했다. 어쩌면 이 여행이 시작된 이유였는지도 모른다.

'한계를 미리 정해 놓고 도전을 포기하면 죽을 때 후회한다.'

마을버스는 태생이 '천천히 달리는 차'다. 그래서 아예 시속

60km 이상으로 달리지 못하도록 설계되었다. 오히려 속도를 조금만 올려도 속도위반에 걸려 애꿎은 범칙금만 내야 한다.

차는 '기계'가 아니라 '컴퓨터'라는 말이 있다. 차에 내장된 ECU라는 일종의 컴퓨터 프로그램 때문이다. 이 장치는 자동차의 각 기관에 촉수를 뻗어 늘 상태를 살피고 통제한다. 마을버스의 경우는 과속하지 못하도록 프로그램되어 있다. 나는 은수의 ECU 프로그램에서 속도 제한의 굴레를 벗겨 내고 세계 여행을 떠났다. 은수에게 얼마든지 달려도 되는 자유를 준 것이다.

'은수야, 마음껏 달려 봐.'

하지만 은수는 한계를 넘는 걸 두려워하는 듯, 속도를 높이려고 액셀을 밟을 때마다 찢어지는 굉음으로 소리를 질러 댔다. '나는 시속 60km 이상으로 달릴 수 없단 말이야. 제발 나를 이대로 내버려 두라고!' 하는 소리가 들리는 듯했다. 그럴수록 나는 액셀을 세차게 밟으며 은수를 응원했다.

"은수야, 할 수 있어. 너는 원래 시속 160km까지 달릴 수 있단 말이야. 그렇게 태어났다고. 내 말을 믿어!"

속도를 높이려는 나와 은수의 투쟁이 여행 중 계속 이어졌다. 페루 리마를 떠나 본격적인 남미 여행이 시작되었지만, 고속도로에서 은수는 시속 70km를 넘지 못했다. 그 이상의 속도를 내려 하면 차 여기저기서 원인을 알 수 없는 소음이 귓전을 때렸다. 철

●● 한번 한계를 깨고 달리기 시작한 은수는 그 후로 거침없는 질주를 이어갔다.

판이 찢어지는 소리와 거친 엔진 소리가 났지만, 속도를 높이려는 나의 노력 또한 필사적이었다.

아르헨티나의 팜파스 대초원을 지날 무렵, 은수의 고함이 차츰 잦아들었다. 계기판을 확인해 보니 어느덧 시속 90km를 넘나드는 속도로 달리고 있었다.

"J야, 은수가 90km까지 속도를 내기 시작했어!"

나는 시원스레 액셀을 밟았다. 계기판을 보니 시속 100km를 넘기기도 했다. 한 번도 경험해 보지 못한 속도였다.

아르헨티나를 넘어 칠레의 팬 아메리칸 하이웨이에 들어섰을 때 역사적인 일이 벌어졌다. 은수가 점점 속도를 내며 앞서가는 대형차를 따라잡으려고 하는 것이었다. 앞차와의 간격이 서서히 줄고 있었다.

"은수야, 힘내!"

은수가 앞차를 조금씩 앞지르기 시작했다. 차 옆으로 지나갈 때는 거대한 버스의 속도감에 은수가 살짝 휘청거렸다. 하지만 그것도 잠시, 은수는 기어코 대형차를 추월했다. 고된 일상에 지치고 쇠약했던 사람이 건강하고 패기 있는 청년으로 다시 태어난 것만 같았다.

은수와 내가 만나지 못했다면, 그래서 6개월 후 폐차되는 운명을 맞았다면 어땠을까? 자신의 진가도 모른 채, 어느 날 고철 덩어리가 되어 사라져 버렸을 것이다.

　나를 틀 안에 가두는 것은 바로 자신이다. 은수가 자신을 옭아매던 속도 제한을 극복해 낸 것처럼, 한계라는 것은 스스로 만든 것일 뿐이니 극복하기 나름이다. '나는 이 정도밖에 안 돼. 나는 원래 그런 사람이야.'라고 자신을 틀 안에 가두어 버리면, 날개가 있어도 날 수 없는 새와 다를 바가 없지 않을까? 은수와 나는 여행하며 함께 날게 되었다.

한밤에 울린
총성

    남미를 한 바퀴 돌고 출발지인 페루 리마로 돌아오자, 현대자동차 리마 정비소 총매니저인 팔로마레스가 우리 일행을 반겨 주었다. 우리는 리마에서 며칠 머물면서 자동차 정비도 하고 앞으로의 여행에 대한 철저한 계획도 세워야 했다. 이제 페루 북쪽의 에콰도르, 콜롬비아를 지나 중미의 여러 나라를 거쳐 미국으로 넘어가야 하는데, 이 나라들은 지금까지 여행한 나라들과 비교할 수 없을 만큼 위험이 도사리고 있기 때문이었다.

    당장 페루 북부 지역만 해도 낭만적이고 여유로운 남부 지역과는 사뭇 느낌이 달랐다. 남부가 아레키파Arequipa를 중심으로 스페인 문화와 잉카 문화가 조화를 이룬다면, 북부에는 전쟁과 가난이 가져다준 어두운 그림자가 드리워져 있었다.

현지 사정에 밝은 그는 우리의 여행 일정에 대해 몇 가지 주의 사항을 알려 주었다. 그는 먼저 칠판에 지도를 하나 그리더니 콜롬비아에 이르기까지 주요 도시들을 표시했다. 수도 리마를 포함해 페루 북부 지역은 치안이 불안했는데, 그 때문에 우리가 머물러도 좋은 도시와 피해 가야 할 도시들을 일러 주었다.

"특히 소도시에는 들어가지 말아야 합니다. 소도시는 낮과 밤이 다릅니다."

그는 빨간 매직펜으로 위험한 도시들에 동그라미를 여러 번 쳤다. 이미 남미를 한 바퀴 돌면서 산전수전 다 겪었다고 생각했기에 '설마 그럴까?' 하는 의구심이 들었다. 잠깐 딴청을 부리는 걸 팔로마레스가 봤는지, 다시 한 번 주의를 주었다.

"헤이, 택씨**Hey, Taxi!**"

그가 얼굴을 찡그리며 강하게 나를 불렀다.(나의 영어 이름이 'Taxi'다. 내 이름이 임택이니 택씨라는 이름은 자연스럽기도 했다. 부르기 좋고 외우기 좋아 외국인들은 내 이름을 쉽게 기억했다.)

"제 말 명심해야 해요. 이 사람들에게는 총이 있습니다. 마약도 했고요. 밤에는 정말 조심해야 해요."

팔로마레스의 충고를 다 듣고(?) 나서야 우리는 버스에 오를 수 있었다. 그날 아침 길에서 사 먹은 우유 때문인지 내내 속이 편치 않았고, 화장실에 들락날락하느라 팔로마레스의 충고가 머릿속에 잘 남지 않았는지도 모르겠다.

항구 도시 침보테Chimbote는 팔로마레스가 절대 머무르면 안 된다고 신신당부한 지역이었다.

"침보테에는 절대 머무르면 안 돼요. 그 주변의 작은 마을들은 더 위험합니다. 치안이 무척 안 좋은 항구입니다. 총기 사고가 아주 많이 나는 곳이에요."

하지만 그의 거듭된 충고가 무색하게 그날 우리 일행은 침보테에서 저녁을 맞이했다. 솔직히 침보테라는 도시에 대해 아무런 긴장감도 없었다. 차를 타고 가다 멋진 풍경이 나타나면 차를 세우곤 하는 바람에 시간이 많이 지체된 상태였고, 우리는 고장 난 우주선이 거대한 자력에 이끌려 맥없이 끌려가듯 침보테에 다다랐을 뿐이다.

"이 도시는 위험하다고 하니 다음 마을로 갑시다. 좀 한적하면 위험도 적지 않을까요?"

일행 중 한 명이 침보테에서 조금 떨어진 작은 마을로 가서 묵자고 제안했다. 사람이 많이 다니는 도시보다는 아무래도 시골 동네가 덜 위험할 것이라는 생각에 모두 찬성했다.

작은 마을은 한눈에도 가난해 보였다. 사람들 옷차림은 남루해서 옷을 입었다기보다 걸쳤다고 하는 편이 어울렸다. 가난은 사람을 거칠게 만든다. 차가 마을 어귀에 들어서자 사람들의 날카로운 눈에서 불빛이 튕겨 나오는 것만 같았다. 차를 급히 몰아서 마을 중앙으로 달렸다. 작고 아담한 아르마스 광장이 나타났다. '아르마스'란 스페인어로 '무기'란 뜻이다. 식민지 시절 무기를 쌓아 둔 광장이라고 해서 붙여진 이름이다. 작고 아름다운 광장에는 꽤 많은 사람이 모여 있었다.

차가 광장에 들어서자 모든 이의 시선이 은수에게로 쏠렸다. 뛰놀던 아이들과 부모들이 은수에게 몰려들었다. 작은 시골 마을에서 이만한 볼거리도 흔치 않을 것이다. 나는 환하게 미소 지으며 이들에게 가지고 있던 과자와 사탕을 나눠 주었다. 그러자 아이들이 어디론가 달려가더니 한 무리의 아이를 몰고 왔다. 더 많은 사탕과 과자가 필요했지만 이내 동이 났다. 사람이 점점 더 몰려들자 여간 부담스러운 게 아니었다.

마침 다른 일행은 저녁을 먹으러 나간 터여서 차에는 나 혼자 있었다. 사람이 적을 때는 느끼지 못했는데, 군중에 둘러싸이고 보니 긴장감이 커졌다. 프라이팬을 꺼내 달걀을 부친 다음 몰려온 아이들의 입에 넣어 주었다. 입 벌리는 모습이 모이를 찾는 제비 새끼들같이 귀여웠다. 아이들 웃음소리가 광장에 울려 퍼졌다. 달걀 한 판이 순식간에 없어졌다.

● ● 우리를 구해 준 가족(위)과 미소에 화답하는 현지 아이들(아래).

마침 저녁을 먹고 돌아오던 J가 이 광경을 보고는 아이스크림을 한 보따리 사 와서 아이들에게 나눠 주었다. 아이들은 한껏 들떴고, 부모들도 이를 흐뭇하게 지켜보았다.

이윽고 날이 저물자 광장에 있던 사람들이 하나둘 집으로 향했다. 곧이어 작은 상점들도 문을 닫기 시작했다. 광장의 분위기가 서서히 바뀌었다. 무거운 침묵이 내려앉은 광장에 녹색 마을버스만이 덩그러니 남았다.

우리에게 가장 큰 관심을 보인 한 가족만이 떠나지 않고 있었다. 그들은 말은 잘 통하지 않았지만, 이곳이 무척 위험한 장소라는 걸 알려 주었다. 우리가 개의치 않자, 머리에 총 쏘는 시늉을 하면서 여기는 안 된다고 했다. 그들의 진지한 모습에서 위험이 전해졌다. 그들은 우리를 경찰서로 데려가서 경찰에게 우리 처지를 설명해 주었다. 방탄복과 자동 소총으로 무장한 경찰을 보자 위험이 현실로 느껴졌다.

"여기는 길이 좁아서 차를 세워 둘 수 없습니다. 다른 안전한 장소로 가거나 도시를 떠나세요."

광장에서 밤을 보내려던 계획이 얼마나 무모했는지 깨닫는 순간이었다. 경찰서에서도 우리를 거부하자 조급해진 것은 우리를 도와주려던 가족이었다.

"잠시만 기다려 보세요. 우리 이웃집이 담장이 높고 뜰이 넓어요. 거기에 부탁해 볼게요.”

한참이 지난 후 그 가족이 다시 나타났다.

“그 집에서 허락했습니다. 저희를 따라오세요.”

그 집에 도착해 보니 육중한 철문이 굳게 닫혀 있었고, 그 옆으로 별도의 작은 문이 달려 있었다. 문을 두드리자 작은 문이 살짝 열렸다. 집주인은 문을 조금 열고 밖을 이리저리 살핀 뒤에야 큰 문을 열었다. 비로소 안전한 장소에 왔다는 안도감이 들었지만 두려운 마음은 여전했다.

“이제야 마음이 놓이네요. 내일 아침에 저희 집에서 식사하고 가세요. 여기는 안심해도 돼요. 돈도 받지 않을 거예요.”

그들은 잠자리까지 돌봐 주고 나서야 할 일을 다 했다는 듯 자신들의 집으로 돌아갔다. 이 집에는 노부부와 젊은 딸이 아이들과 함께 살고 있었다. 뜰 안에는 우리 차 말고도 다른 차 몇 대가 더 들어와 있었다.

“절대 차 밖으로 나오면 안 돼요. 볼일이 급하면 여기에 하세요.”

집주인은 큰 플라스틱 통을 차 안으로 들이밀며 절대 차 밖으로 나오지 말 것을 당부했다. 이 마당을 지켜 주는 것은 세 마리의 크고 사나운 개였다. 우리는 온몸이 굳었다. 동네가 얼마나 위험하면 마을 사람들이 이토록 두려워하는 걸까?

그날 밤 11시가 가까워질 무렵 세 방의 총성이 울렸다. 우리가 머무는 집 담벼락 바로 앞에서였다. 사람들의 고함이 들리고 급하게 뛰어가는 발소리가 사방으로 흩어졌다. 팔로마레스가 그토록 조심하라 당부하던 말의 의미를 사무치게 깨달았다.

이른 아침 해가 뜨자 차들이 하나씩 문을 나서 어디론가 가 버렸다. 우리도 잠을 자는 둥 마는 둥 날이 밝기만을 기다리다가, 날이 밝자 도망치듯 도시를 빠져나왔다. 우리의 안위를 염려하며 도움을 준 가족에게 감사 인사도 전하지 못한 채…….

이날의 일을 계기로 현지인들의 정보는 흘려들으면 안 된다는 걸 깨달았다. 다음 날 팔로마레스에게 전화로 얘기하자, 그는 내게 신의 보살핌이 있었다고 호들갑을 떨었다.

"이봐요, 택시. 이제부터는 정말 무서운 나라들이라고! 정신 똑바로 차려!"

다음에 들를 현대자동차 정비소는 족히 300km는 떨어져 있는 치클라요Chiclayo라는 도시에 있었다. 치클라요는 안전한 도시라고 했다. 남미의 고대 문명인 '찬찬Chan Chan 문화'의 중심 도시로, 거대한 흙으로 지은 신전이 있는 곳이었다.

이즈음 은수는 자주 고장을 일으켰다. 운행을 많이 한 날에는 어김없이 엔진 경고등이 켜졌다가 다음 날 아침이면 사라지곤 했다. 결국 치클라요에서 은수는 정비소에 들어갔고, 우리도 긴 휴식에 들어갔다. 이때 숙소의 저울로 몸무게를 재 보니 집을 떠날 때보다 7kg이나 줄어 있었다. 은수뿐만 아니라 나에게도 휴식과 정비가 필요한 시점이었던 것이다. 숙소에서 쉬며 그동안의 여행을 돌아보다가 침포테에서의 일을 상기했다.

우리가 아이들에게 먹을 것을 나눠 주고 웃는 얼굴로 친근하게 다가가지 않았다면, 과연 그 낯선 동네에서 우리를 돕는 손길이 있었을까? 여행하는 동안 많은 위기가 따랐는데, 그때마다 안전을 지켜 준 것은 다름 아닌 '미소'였던 것만 같다. 특히 아이들에게 건네는 미소가 그러했다. 전 세계 어느 부모도 자기 아이를 예뻐해 주는 사람을 해치지는 않을 테다. 침포테에서 아이들에게 보인 미소가 우리를 살린 것만 같았다. 역시 미소는 무한 한도의 크레디트카드임이 분명하다.

콩 한 줌이
지닌 의미

그 눈빛이 잊히질 않는다. 긴 시간이 흐른 지금에도 마음 한구석, 소년의 애처로운 눈빛이 움츠리고 있는 것만 같다.

에콰도르 키토Quito에 도착한 날부터 비가 쉬지 않고 내렸다. 은수를 정비소에 맡긴 지도 3일이 지났다. 클러치를 새것으로 교체해야 한다는 정비사의 말에 우리 일행은 어느 여행자 숙소에 발이 묶여 버렸다.

3일째 오후에야 지친 몸을 털고 시내 산책에 나섰다. 비 때문에 허술한 옷차림에 냉기가 스몄다. 빗물에 길이 미끄러웠다. 남미 여행 내내 신고 다닌 슬리퍼 끈은 이미 끊어진 지 오래고, 밑창도

다 닳아서 발을 헛디딜 때마다 몸이 기우뚱거리곤 했다. 키토의 라 콤파니아 예수회 성당Iglesia de la Compañia de Jesús 앞, 균형을 잃고 팔을 허우적거리며 걷던 내게 한 사내아이가 따라붙었다. 온종일 누군가를 기다리며 먹을 것을 찾다가 다가왔을 것이다.

'돈은 주지 않을 거야. 어차피 갖고 나오지도 않았으니 줄 것도 없지.'

애써 모른 척하며 가던 길을 재촉했지만, 기어코 아이의 손에 소매가 잡히고 말았다. 돌아보지 않으려고 손을 살짝 뿌리쳤는데도 소년은 또다시 내 소매를 잡아끌며 애원했다. 아이의 얼굴과 마주했다. 나는 호주머니를 까 보이며 '봐. 지갑도 돈도 없단 말이야. 그러니 다른 사람한테 가 봐.'라고 할 생각이었지만 애처로운 눈빛과 마주하자 말문이 막혔다.

아홉 살 아니면 열 살쯤 되었을까. 화상을 입었는지 오른쪽 뺨에 아무렇게나 아문 상처가 반대편 뺨과 대비되어 더욱 선명하게 보였다. 흉터만 없다면 얼마나 예쁠까 싶은 앳된 얼굴이었다. 까만 눈동자와 잘 익은 가지처럼 빛나고 아름다운 피부에 두드러진 흉터는 잘 그린 그림 위에 쏟아부은 잉크 같았다. 아이의 안타까운 표정, 나를 보는 간절한 두 눈이 눈에 들어왔다. 오래된 듯한 그의 딸꾹질 소리가 늦여름 뜸부기 울음처럼 슬펐다.

매정해지자며 다짐한 마음이 무너지기 시작했다. 뭔가 주고 싶

● ● 티없이 천진한 에콰도르 아이들.

은데 가지고 나온 게 없었다. 그나마 있는 동전을 다 긁어 산 튀긴 콩 한 줌이 호주머니 속에서 뒹굴고 있었다. 거리에서 구걸하는 사람이 많아 뜯기지 않으려고 일부러 지갑을 두고 나왔는데, 그렇게 후회될 수 없었다. 먹다 남은 콩 한 줌이라도 전해 주고 싶었지만, 부끄러워 용기가 나지 않았다. 무엇을 주는 데도 무게가 있어야 함을 느끼던 순간이다.

차라리 아이가 구걸을 포기하고 멀리 가 버리면 좋으련만, 딸꾹질하며 계속 따라왔다. 가끔 마주치는 애절한 눈빛과 호주머니 속에서 만지작거리는 콩 한 줌의 갈등. 어느덧 우리는 작은 광장에 다다랐다.

'그냥 뛸까? 그러다 미끄러져 자빠지기라도 하면 우스울 거야. 콩 한 줌이라도 줄까? 에이, 아무리 그래도 먹다 남은 것을 어떻게 준담.'

아이는 내게서 무언가를 얻어 내지 않으면 발길을 돌리지 않으리라 결심한 모양이다. 모른 척하기 어려운 상황에 갈등을 조절하느라 마음이 분주해졌다.

비는 여전히 멈추지 않고 작은 광장을 적시고 있었다. 나는 호주머니 속에서 터져서 나뒹구는 콩 봉지를 꺼내 소년이 잘 볼 수 있도록 광장의 동상 받침대에 살그머니 올려놓았다. 그리고 뒤도 돌아보지 않고 숙소로 가는 골목길을 향해 뛰었다. 따라오던 딸꾹질 소리가 간간이 들리다 멀어져 갔다. 얼마쯤 걸어가서 뒤를 돌아보니, 아이는 젖은 동상에 걸터앉아 내가 놓아 둔 볶은 콩을 먹고 있었다. 고스란히 비를 맞으며……

모르면 평화로운
전쟁터를 지나

콜롬비아는 과거 마약으로 유명했고, 지금도 마약의 그림자가 완전히 떠나지는 않은 나라다. 에콰도르 국경을 넘어 콜롬비아에 들어오자 반군과 작은 내전을 치르는 중인 무장한 군인들을 맞닥뜨렸다.

두 나라 사이에는 가파른 산이 많았다. 아득한 고원에서 바라보는 풍경에 현기증이 날 것만 같았다. 거대한 계곡을 연결하는 다리는 군사적으로 중요한 시설이었나 보다. 국경을 막 넘어와 다리를 건넜는데, 갑자기 무장한 군인들이 차를 막아섰다. 걱정과 두려움이 엄습했다. 군인들은 차 주위를 살펴보더니 차 안으로 들어왔다.

"저, 펜 있나요?"

마을버스에 올라탄 군인이 갑자기 펜을 찾았다.

"차에 사인해도 되죠?"

이들의 관심은 차에 자기 글을 남기는 거였다. 웃음이 나오며 일순 긴장감이 사라졌다.

"지금 이곳은 전투 중이라 밤에는 다닐 수 없어요. 낮에는 괜찮습니다."

그들은 우리가 전투 중인 지역에 와 있다고 알려 주었다. 다시 보니 군인들은 대부분 20대로 앳되어 보이기까지 했다.

작은 군 초소 옆에는 파인애플을 파는 흑인 여인이 있었다. 콜롬비아에는 아프리카에서 온 흑인이 많아서 아예 촌락을 이룬 곳도 있다. 이들은 파인애플이나 커피 농장에서 일하며 살아간다. 파인애플 파는 여인은 내가 다가가자 미소를 지으며 파인애플 한 조각을 주었다. 먹어 보니 눈이 확 뜨일 정도로 달았다. 깎아지른 절벽과 황량한 사막뿐인 이곳 어디를 둘러보아도 파인애플을 키울 만한 곳은 없어 보이는데 어디서 구한 것일까?

"직접 키우신 건가요?"

"그럼요. 저희가 모두 키운 거예요. 한 개에 1달러입니다."

이때 길이 없을 것만 같던 절벽 쪽에서 파인애플을 잔뜩 지고

● ● 마약 조직과 전투 중인 군인들도 은수에 관심이 많았다.

올라오는 흑인 남자가 보였다.

"우리 남편이에요. 이 산 밑은 파라다이스랍니다."

그녀의 남편은 파인애플이 가득한 바구니를 지고 조심스럽게 산을 오르고 있었다. 다가온 그는 힘든 내색 없이 하얀 이를 드러내며 웃었다. 아이 몇 명이 큰 눈을 껌벅이며 나를 쳐다보고 있었다. 이들에게는 내가 볼거리였나 보다. 나는 파인애플 10개를 모두 깎아서 달라고 했다. 10개라야 단돈 10달러였다.

"이거 다 깎아서 주실 수 있을까요? 저 군인들 먹이려고요."

여인은 웃으면 대답했다.

"깎아 주면 1달러를 더 내셔야 합니다."

"그러죠."

사내가 숲에서 사용하는 작업용 긴 칼을 가지고 나왔다. 그는 칼을 들어 파인애플을 툭툭 치듯 능숙하게 껍질을 벗겨 나갔다. 파인애플 10개가 순식간에 노란 속살을 드러냈다. 나는 이걸 쟁반에 담아 군인들에게 가져갔다.

군인들은 아직도 차에 낙서하느라 열심이었다. 내가 파인애플을 가져가자 군인들이 몰려들었다. 군인들에게도 별식이었나 보다. 파인애플을 먹는 천진한 이들의 표정만 본다면 전투 중이라는 게 믿기지 않았다.

멀리 마을이 보였다. 마을 어귀에 전투용 헬리콥터가 내려앉아 있었다. 헬리콥터 문에는 베트남 전쟁에서나 사용했을 듯한 기관 총이 달려 있었는데, 사고를 방지하려는 목적인지 총구멍을 막아 놓았다. 조종사들 역시 나를 보자 사진을 찍자며 몰려들었다. 긴장감이 없기는 군인들과 다를 바 없어 보였다.

며칠 후 길에서 한 노인이 보던 신문을 엿보게 되었는데, 온통 시체로 가득한 사진이 실려 있었다. 며칠 전 지나온 그 지역 전투에 관한 뉴스였다.

"사람이 많이 죽었나 봐요?"

"양쪽에서 18명이나 죽었대요."

"그런데 왜 싸운 거래요?"

"마약 때문이지, 뭐."

노인은 힘겹게 자리에서 일어나며 말했다.

평화롭게만 보였던 그곳이 정말로 전쟁터였다는 것을 떠올리니 뒤늦게 두려움이 몰려왔다. 아들뻘로 보이던 앳된 군인들, 기념사진을 찍던 그들의 천진한 웃음을 생각하니 착잡하기도 했다. 부디 그들이 무사하기를······.

콜라 세 병의
부끄러움

남미 최대의 명절인 부활절을 맞아 대륙이 들떠 있었다. 사람들은 서둘러 일을 마무리하고 고향을 향해 발길을 재촉했다. 부활절 연휴 첫날, 우리는 콜롬비아의 보고타Bogotá를 떠나 콜롬비아 제2의 도시라고 할 수 있는 메데인Medellín으로 향했다.

메데인은 마약왕 에스코바르Pablo Emilio Escobar Gaviria의 주 활동지였다. 남미 마약 카르텔의 잔인함을 소재로 만든 영화는 대부분 에스코바르의 이야기라 해도 과언이 아니다. 그렇다고 이곳에 '마약의 도시'라는 오명만 있는 것은 아니다. 남미의 피카소로 불리기도 하는 페르난도 보테로Fernando Botero가 작품 활동을 하던 곳도 메데인이다. 그의 그림과 조각에서는 풍만한 인체에서 나오는 여유로움과 아름다움을 찾아볼 수 있다. 많은 화가가 생전에는 빛을 보지 못했던 것과는 달리, 보테로는 살아 있을 때 작품 활동으로 돈을 많이 벌었던 화가로도 알려져 있다. 에스코바르와 보테로처럼 공존하기 어려울 것만 같은 다양한 모습이 메데인의 매력이자, 사람들의 걸음이 이곳으로 향하는 이유이다.

계획대로라면 저녁에 매혹적인 도시 메데인에서 부활절을 축하하는 퍼레이드 속을 거닐고 있었을 것이다. 그런데 이른 아침 출발을 위해 시동을 거는데, 손끝을 타고 작은 떨림이 전해졌다. 어느덧 은수와 나는 작은 신호에도 예민하게 반응할 만큼 가까운 사이가 되었다. 미세하지만 이상한 징조였다.

"엔진 소리 어때?"

J에게 물었다.

"글쎄요? 아무것도 느끼지 못하겠는데요? 왜요?"

"그래? 호흡이 조금 거친 듯해서."

은수와 함께 남미를 여행하는 내내 계획대로 된 건 거의 없었다. 남미의 질 나쁜 연료를 먹고 달려야 하는 은수는 늘 탈이 났다. 그때마다 길게는 한 달, 짧게는 며칠씩 병을 고치느라 시간을 보내야 했다. 그렇다고 시간을 낭비하거나 하릴없이 있던 건 아니다. 오히려 은수가 멈춘 동안 예상치 못한 카니발을 즐기기도 하고 많은 여행자와 추억을 만든 덕분에 여행이 풍성해질 수 있었다. J는 차에 문제가 생길 때마다 "형님, 은수가 고장 났으니 무언가 좋은 추억 거리가 생길 거예요."라고 말할 정도였다.

페루 남부의 도시 아레키파에서 무려 한 달 가까이 정비소 신세를 질 때도 그랬다. 처음 며칠은 여행자 숙소에서 당구를 치거나 고양이 수염을 잡아당기면서 지냈다. 여행 경험상 대개 사나흘이면 머무르는 도시가 얼마나 매혹적인지 눈 뜨기 시작한다. 낯선 환경 탓에 도시의 매력을 알아차리기까지 얼마간 시차 적응이 필요했다. 며칠이 지나자 온통 새하얗게 빛나는 아레키파의 매력에 빠져들었다. 과거 잉카 황제가 이곳의 아름다움에 반해 '아리 퀴페이(그래, 머물자)!'라고 외친 데서 오늘날의 이름을 얻었다고 한다. 나 역시 오래 머물고 싶은 마음에 차가 너무 빨리 고쳐질까 봐 불안하기까지 했다. 은수는 기대(?)를 저버리지 않고 무려 23일을 정비소에서 머물러 주었다.

보고타에서 메데인으로 가는 길은 포장이 잘 되어 있었다. 명절 차량이 몰려 보고타를 빠져나가는 데 반나절을 허비했지만 은수의 운행은 순조로웠다. 그런데 혼다Honda라는 도시를 지날 즈음, 은수에게 탈이 나기 시작했다. 불규칙한 엔진의 진동이 손끝에 이어 귀를 타고 느껴졌다.

여러 번 경험한 반응이다. 이럴 때는 운행을 중단하고 1시간 정도 쉬면 정상으로 돌아오곤 했다. 엔진을 끄고 기다리자 예상대로 차는 정상이 되었다. 오늘 안으로 메데인에 들어가는 데 무리없어 보였다. 하지만 은수는 메데인을 약 30km 남겨 둔 리오네그로Rionegro라는 작은 도시에서 아예 멈춰 섰다. 엔진을 살리려고 여러 번 시동을 걸었으나 꿈쩍도 하지 않았다.

더구나 사람들이 서 버린 차 주변으로 몰려들며 난감한 상황이 됐다. 은수는 호기심의 대상이 되기에 충분했다. 하지만 그들 중 누구도 은수에게 도움을 주지 못했다. 오히려 사람이 몰려들자 난 두려워졌다. 남미의 치안은 전 세계적으로 걱정되는 수준이 아니던가. 더욱이 마약과 강도가 판을 치는 지역이다 보니 그 두려움은 더했다. 밤에는 대도시를 벗어나지 말라던 페루 친구 팔로마레스의 경고가 생각났다. 하지만 우리는 대도시는 고사하고 작은 도시의 변두리에서 오가지 못하는 처지가 되고 말았다.

'올 게 왔구나!'

여행하면서 차에 이상이 생긴 적은 많았으나, 이처럼 길에서 갑자기 멈춰 선 건 처음이었다. 이전에는 엔진을 체크하라는 경고등이 뜨거나 불규칙 엔진 구동으로 그 증상을 미리 알 수 있었다. 정비소까지 가는 데도 크게 문제없었다. 하지만 이날은 달랐다. 시동을 끄고 한참을 기다렸다가 다시 시동을 켜도 엔진이 돌지 않았다. 그때 저 멀리 언덕 아래에서 큰 탱크로리가 가쁘게 올라오는 게 보였다.

'그래, 저 차를 세워서 구조를 요청해 보자.'

나는 두 손을 격렬하게 흔들어 탱크로리를 세웠다. 고맙게도 차가 속도를 줄이며 은수 뒤에 섰다. 천군만마를 얻은 기분이던 나는 곧이어 다소 험상궂게 생긴 운전자가 차에서 내리자 겁이 났다. 그의 검게 그을린 얼굴에는 칼자국까지 선명했다.

"차가 고장 나서 움직이질 않습니다. 장비도 없습니다. 좀 살펴 주실 수 있을까요?"

마침 구경꾼 중에 영어를 할 줄 아는 사람이 있어 의사소통이 이루어진 게 불행 중 다행이었다. 그가 내 차를 이리저리 살피며 여러 차례 시동을 켜 보더니 지나가는 트럭들을 세웠다. 아무래도 혼자서는 해결이 안 되겠는지 다른 운전자들을 불러 모았다. 이들은 우리 차를 두고 열띤 토론을 벌였다. 이름도 모르는 세 사내가 웃통을 벗더니 차 밑으로 기어들어 가서 무언가를 열심히 풀고 조였다.

"푸득, 푸드득."

잠잠하던 은수가 반응을 보였다. 이윽고 시동이 걸렸다가 꺼지기를 반복했다. 반가움과 놀라움도 잠시, 이 사내들에게 의심이 생기기 시작했다.

'차를 다 고치고 대가를 요구하면 어쩌지?'

● ● ● 차가 서자 사람들은 기꺼이 차를 고치려 애를 썼다.

긴 여행에 한 푼이라도 아껴야 하는 나로서는 차가 수리된다는 기쁨보다 돈 뜯길 염려가 앞섰다.

'그래, 음료수라도 한 개씩 건네며 돈이 없다고 사정해 보자.'

세 남자가 차 밑에 들어가 열심히 수리하는 동안 나는 작은 가게로 달려갔다. 가게가 꽤 멀리 떨어져 있어서 다녀오는 데 시간이 좀 걸렸다. 콜라 세 병을 사서 돌아오니 트럭들이 보이지 않았다. 이미 차를 다 고친 트럭 운전자들이 모두 제 갈 길로 가버린 것이다. 다행히 은수는 시동이 걸려 있었다. 좀 전에 우리를 대신해 통역해 주던 이가 다가와 종이 한 장을 내밀었다. 스페인어로 휘

갈겨 쓴 메모였다.

"뭐라고 쓰여 있나요?"

"이 차의 연료 필터에 오염이 심하대요. 임시로 필터를 털어 내고 다시 연결했답니다. 부속을 교체해야 하는데, 자기들에게는 부속이 없으니 월요일에 정비소로 가라더군요."

연료 필터가 오염되어 연료가 원활하게 올라오지 못했다는 것이다.

"연휴라 매카니코(정비소)가 문을 안 열어서 걱정이라는군요. 아까 그 사람들 말로는 이 차가 오래 운행하긴 어렵다고 하네요. 여기서 5km 정도 떨어진 곳에 값싼 숙소가 있으니 거기서 연휴를 보내라고 합니다."

그러고는 그는 멋진 여행을 위해 하느님께 기도한다는 말을 덧붙였다.

부끄러움이 몰려왔다. 순수한 친절과 도움을 때 묻은 수건으로 닦은 격이었다. 그들에게는 애초부터 돈을 요구할 생각이 없었다. 그저 먼 나라에서 온 여행자의 어려운 처지를 외면할 수 없을 뿐이었다. 메데인에서의 멋진 퍼레이드와 축제는 즐기지 못했으나, 값진 콜롬비아 사람들의 온정을 얻었다. 멀뚱하게 콜라를 든 내 손이 한없이 부끄러웠다.

나는 여행 초반에 아르헨티나의 팜파스에서 한 커플을 태운 것을 제외하면 누구도 차에 태우지 않았다. 비가 몹시 오는 날 아이들이 태워 달라며 발을 동동 굴러도, 꼬부랑 할머니가 지팡이를 들고 도움을 요청해도 은수가 서는 일은 없었다. 혹시 모를 막연한 두려움이라는 틀에 갇혀 있었기 때문이다. 그러나 세 남자의 선한 도움을 얻은 후로 나는 마을버스 문을 완전히 개방하게 되었다. 많은 사람이 모이는 시장에서도 차 문을 열고, 차에 타길 원하는 사람을 태웠다. 비로소 닫힌 여행이 열리게 되었다. 다양한 나라에서 온 사람들이 버스에 오르자 우리의 세계 여행 생태계가 변했다.

　여러 사람과 짧게 또는 길게 여행하고 헤어졌다. 이런 일이 계속되자 다양한 나라의 친구가 생겼다. 유럽에서 온 배낭여행자들은 여행을 마친 후에 고향으로 돌아가 내가 자기 마을을 지나길 기다렸다. 미국, 영국, 독일, 페루, 볼리비아 등 많은 나라에 여행 친구들이 생겼다. 비로소 나의 여행 영토가 넓어졌다.

● ● 대가 없는 도움을 받은 후 열린 마음으로 사람들과 어울리게 되었다.

경찰,
가깝고도 먼 당신

여행하는 동안 수많은 경찰과 마주쳤다. 나라마다 교통 법규가 달라 경찰이 마음만 먹으면 얼마든지 벌금을 물릴 수가 있었다. 다행히 대부분의 경찰은 위반 사항을 알려 주고 앞으로 주의하라며 보내 주곤 했다. 외국 차량의 경우 법규를 몰라 저지른 사소한 위반이 대부분이기 때문이다. 하지만 예외도 있었다.

볼리비아에서의 일이다. 경찰이 버스를 세우더니 다짜고짜 여권을 빼앗고 나를 경찰서 안으로 데리고 들어갔다. 그는 종이 한 장을 꺼내 책상 위에 올려놓고는 그림을 그리기 시작했다. 가장 먼저 소화기를 그렸다. 소화기가 차 안에 비치되어 있느냐고 묻는 것이다. 있다고 하자 다음에는 삼각대를 그렸다. 그는 구조용

● ● 여행 중에 만난 경찰들.

로프, 랜턴, 비상 조끼 등을 차례로 그렸다. 우리에게 무언가가 없다는 답변이 나올 때까지 그릴 심산인 것 같았다. 결국 50달러를 요구하는 경찰에게 5달러를 주며 마무리했다.

칠레에서는 불법 유턴을 했다며 오토바이를 탄 경찰이 쫓아왔다. 백미러를 보니 사이렌과 비상등까지 켜고 쫓아오는 게 아닌가. 이럴 때는 선수를 쳐야 한다. 나는 미리 옆문을 열고 빨리 오라는 손짓까지 했다. 경찰은 손가락을 뱅글뱅글 돌리며 불법 유턴을 했다는 표시를 했다. 나는 모른 척하며 배가 고프다는 시늉만 계속해 댔다. 스페인어를 한마디도 못하는 나는 배를 움켜쥐고 레스토랑이 어디에 있는지를 계속 물으며, 아는 식당이 있으면 소개해 달라고 딴청을 피웠다. 결국 경찰은 벌금 물리는 걸 포기했다. 오히려 자신을 따라오라며 친구가 운영하는 식당으로 안내해 주고 주차장에 차를 대는 것까지 봐 주고는 사라졌다.

한번은 이구아수 폭포에 들렀다가 아르헨티나의 수도 부에노스아이레스로 향하고 있었다. 하루를 꼬박 달려 델 우루과이 Concepción del Uruguay라는 도시에 다다를 즈음에 경찰이 차를 세웠다. 대개는 검문을 받을 때마다 경찰들이 웃는 얼굴로 보내 주는데, 이번에는 왠지 느낌이 달랐다. 직감이라는 게 있다. 경찰은 다짜고짜 여권과 운전면허증을 달라고 하더니 서류를 간단히 훑어보고는 차에서 내리라고 했다. 그리고 고속도로 건너편에 있는 사무실로 나를 데리고 갔다.

이 나라에서는 교통 법규상 전조등을 켜고 운전해야 하는데, 우리는 그런 사실을 모르고 있었다. 둘 사이에 스페인어와 한국말이 오갔다. 나는 한국말로 열심히 항변했고 아르헨티나 경찰은 스페인어로 열심히 설명했다. 말도 통하지 않은 채로 10여 분을 진지하게 싸운 끝에, 그가 컴퓨터를 가리키며 구글 번역기를 사용하자고 했다.

"당신이 범해야 할 벌금은 교통 어김이다(너는 교통 법규를 위반해서 벌금을 내야 한다)."

"내가 무슨 법규를 위반했느냐?"

"전구가 꺼진 앞은 법규 위반이다(전조등을 켜 놓지 않은 것은 위반이다)."

"우리나라에서는 끄고 다닌다."

"아르헨티나는 켜서 다니는 합법이다(아르헨티나에서는 켜고 운전한다)."

"얼마를 내야 하나?"

"내야 할 200달러는 벌금이다.(벌금은 200달러다.)"

헉! 우리 돈으로 거의 24만 원이나 되는 금액이었다.

"정말 몰랐다. 앞으로 교통 법규를 잘 지킬 테니 오늘은 보내 달라."

"네가 지킬 것은 벌금을 내는 책임이다(무조건 벌금을 내야 한다)."

그는 우릴 보내 줄 생각이 전혀 없어 보였다. 내 경험상 이런 경우에는 일을 아주 작게 만들거나, 반대로 아주 크게 만드는 게 해결책이 될 수 있다. 지금까지의 대화가 일을 작게 만드는 방법이었다면, 다음은 일을 크게 만들 차례였다. 나는 꾀를 냈다. 하찮은 사건에 정부를 끌어들였던 것이다.

"우리나라 영사관에 전화를 연결해 달라."

"당신이 연결해야 하는 이유는 왜 영사관이냐(왜 영사관에 연락하는가)?"

"나는 지금 돈이 없다. 영사관에서 돈을 빌려야 한다."

경찰은 이제 다른 나라의 영사와 싸워야 했다. 영사관 이야기를 꺼내며 나는 경찰에게 내게는 돈이 없다는 것과 영사에게 일러 버릴 것이라는 두 가지 정보를 한 번에 주었다.

'자기 나라를 처음 찾은 외국 관광객에게 경고 정도로 끝날 일을 가지고 벌금을 내게 한다? 외국인에게 벌금 고지서를 어떻게 발급하지? 게다가 벌금을 현장에서 받는다고?'

일반적으로 행정적 벌금은 은행이나 정부가 지정한 장소에서 내는 게 상식이다. 영사가 이를 놓칠 리 없다. 아르헨티나 경찰로서는 이런 상황을 바라지 않을 것이다. 영사를 연결해 달라는 나의 말에 경찰관의 눈빛이 흔들렸다.

그때 옆에서 모른 척하며 바라보고만 있던 상관이 다가왔다. 그가 책상에 놓인 내 여권과 운전면허증을 집어 들고 따라 나오라고 했다. 그는 여권과 운전면허증을 돌려주며 차까지 데려다주었다. 그냥 보내기는 머쓱했는지, 전조등을 몇 번 켜 보라고 신호를 보냈다. 그러고는 앞으로 잘 켜고 다니라며 악수를 청했다.

그렇다고 여행 내내 부패한 경찰들만 만났던 건 아니다. 대부분의 경찰은 은수를 보면 반가운 마음을 감추지 않았다. 칠레 탈카 Talca에서의 일이다. 값싼 숙소를 좀처럼 찾을 수 없어 헤매고 있을 때, 마침 길가에 서너 명의 경찰이 오토바이를 세워 놓고 휴식을 취하고 있는 게 보였다.

"안녕하세요. 저희가 숙소를 찾는데 혹시 아시는 데 있으면 추천 좀 부탁드려도 될까요?"

경찰들은 잠깐 이야기를 나누더니 자기들 오토바이를 따라오라고 했다. 여러 대의 오토바이가 앞장섰다. 한국에서 온 초록색 버스를 오토바이 경찰이 호위하며 달리자 VIP가 된 기분이었다. 경찰들은 숙소를 잡아 주고 숙박료까지 직접 깎아 주었다.

여행하는 동안에 셀 수 없이 많은 경찰을 만났다. 선입견 때문인지 몰라도 이들을 만나면 일단 온몸에 긴장이 흘렀다. 다행히 몇몇 경우를 제외하면 내가 만난 경찰들은 비교적 친절하고 정직

했다. 무엇보다 원칙에 충실하고, 어려움을 겪는 우리를 기꺼이 도와주었다.

그래서 여행이 장기화되자 차츰 경찰에 대한 두려움이 사라지고, 오히려 치안이 불안한 곳에서는 경찰서를 먼저 찾게 되곤 했다. 여행, 특히 세계 여행을 할 때는 경찰을 두려운 존재로만 봐서는 안 된다. 사실 그들이야말로 위급한 순간에 기댈 수 있는 마지막 피난처다. 한마디로 '가깝고도 먼 당신'이랄까.

멕시코 국경 마을에서
조난당하다

콜롬비아를 떠나 북쪽으로 중미 여러 국가를 거쳐 멕시코로 향했을 때의 일이다. 은수의 무게가 3.5톤을 넘는다는 이유로 멕시코 국경 통과가 거부되었다. 차가 무거워서 다리가 무너질지도 모른다는 어이없는 이유였다. 주멕시코 영사가 외교 보증서를 만들어 주겠다고 했으나 세관원은 원칙에 어긋난다며 안 된다고만 했다. 며칠 동안 멕시코에 들어가기 위해 온갖 애를 썼는데, 그 노력이 물거품이 된 것이다.

멕시코를 통해 미국으로 가겠다는 계획에 차질이 생겼다. 물론 멕시코 대신 파나마를 통해 미국으로 간다는 선택지도 있었다. 그곳에 가면 미국으로 가는 화물선이 많아 은수를 배에 싣는 게 가능했다. 하지만 그러자면 이미 지나온 중미의 나라들을 거쳐 다시 파나마까지 가야 했다.

게다가 이제 막 떠나온 과테말라로 되돌아갈 수도 없었다. 국제 자동차 여행 협정에 따라 여행 목적으로 입국한 차가 일단 그 나라를 나오면, 나라마다 차이는 있으나 어느 정도 기간이 경과해야 재입국이 가능했다.(과테말라는 90일이 경과해야 다시 들어갈 수 있다.) 우리는 멕시코와 과테말라 사이에 있는 이달고Ciudad Hidalgo라는 국경 마을에서 오도 가도 못하는 신세가 됐다.

멕시코와 과테말라 사이의 국경 지역은 위험하기로 소문이 자자했다. 밀무역과 마약이 판치는 곳이라, 여행자라면 굳이 그곳에 갈 이유가 없었다. 찌는 태양 아래 모든 대지가 불탈 것 같은 멕시코 국경의 작은 마을 이달고에서 불볕더위가 아니라도 우리 마음은 이미 까맣게 타들어 갔다.

멕시코 세관원이 한 가지 묘안을 알려 주었다. 멕시코에서 여행하지 않고 정부가 정해 준 길로만 운행하면 통행이 가능하다는 것이었다. 미국까지 가는 길을 터 주겠다는 의미였다. 단, 조건이 있었다. 멕시코를 통과하기 위해서 민간인 통관사가 보증을 서는 '페디멘토Pedimento'라는 서류가 필요하다고 했다. 말하자면 우리 차가 멕시코를 통과하면서 저지를지도 모르는 불법에 대해 책임진다는 보증서였다. 하지만 한 번도 본 적 없는 사람들에게 이 서류를 떼어 주려는 통관사가 있을 리 없었다. 위험 부담이 높은 여행자를 누가 보증하겠다고 나서겠는가.

바로 그때 우리를 지켜보던 로돌프라는 사내가 세관원에게 말했다.

"내가 이 사람들을 도울 수 있습니다. 제가 이런 일을 하는 사람입니다."

로돌프는 과테말라 사람으로, 자국의 차량이 멕시코에 드나들 수 있도록 도와주는 통관사였다. 그는 자기가 잘 아는 멕시코 통관사에게 부탁해 페디멘토 서류를 작성해 주겠다며 우리에게 손을 내밀었다. 서광이 비쳤다. 당장 내일이라도 미국으로 갈 수 있으리라는 희망이 생긴 우리는 환호하며 기뻐했다.

그의 차가 앞장서고 은수가 그 뒤를 따랐다. 로돌프가 차를 세운 곳은 멕시코 대중 음식인 타코스를 파는 길거리 가게였다. 그곳에서 엄마의 가게를 돕던 파비라는 젊은 여성을 만났다. 로돌프의 사무실은 파비네 가게와 길 하나를 사이에 두고 마주하고 있었는데, 원활한 소통을 위해 영어를 잘하는 파비를 찾아온 것이다. 로돌프에게 대충 이야기를 전해 들은 파비가 내게 무엇이 문제냐고 물었다.

"우리 차가 멕시코를 여행할 수 없다고 합니다. 페디멘토가 있어야 정해진 길을 통해 미국까지 갈 수 있대요. 우리에게는 페디멘토가 필요해요."

"큰 문제 없을 거예요. 로돌프가 잘 아는 멕시코 통관사가 많거든요."

멕시코 국경에서 처음 듣는 희망의 메시지였다.

"저기 로돌프네 사무실 뒤편에 뜰이 있어요. 그곳에 주차하세요. 거리는 위험해요. 그곳에 물도 있으니 목욕도 할 수 있을 거예요."

파비의 행동으로 보아, 그는 로돌프와 가족처럼 지내는 사이임이 분명했다. 길가에 있는 파비네 식당은 아침 8시에 문을 열어 오후 3시까지 장사했다. 파비의 가족은 여자들뿐이었다. 약사였던 파비의 아버지는 2년 전 아내와 세 딸을 남겨 둔 채 온두라스로 떠나 버렸다고 했다. 가족을 부양할 책임이 고스란히 파비 어머니의 몫으로 남겨졌다. 부족한 것 없이 살던 가족이 식당을 운영하며 근근이 살아가게 된 것이다.

로돌프는 파비가 일을 마치길 기다렸다가 자신이 알고 있다는 통관사 사무실을 찾았다. 하지만 애석하게도 서류를 떼어 주기 어렵다는 답변을 듣고 돌아왔다. 충분히 예상 가능한 일이었다. 따지고 보면 로돌프도 우리에 대해 아는 게 거의 없었다. 단지 딱한 우리 처지를 알고 고맙게도 도와주고 싶었을 뿐이다.

● ● 길가에 있는 파비네 식당.

    페디멘토를 떼는 데 드는 통관사 비용은 100달러 정도였다. 통관사는 100달러를 받고 보증서를 떼어 주는 대신 일정한 책임을 져야 했다. 우리가 정해진 루트를 따라가지 않아 경찰에 적발될 경우에 통관사는 2,500달러에 이르는 큰돈을 벌금으로 내야 했다. 어느 통관사도 이런 위험을 감수하면서까지 보증을 서 주기는 어려울 것이었다.

    우리는 다른 국경 세관으로 가서 한 번 더 시도해 보기로 했다. 세관원에게 융통성이 있다면 가능할 수도 있는 일이었다. 우리는 이달고 세관을 피해 탈리스만Talismán이라는 다른 국경 사무실로 갔다. 마침 파비의 친구가 그곳에서 일하고 있어서 한번 사정해 보기로 했다. 하지만 한국에서 온 초록색 마을버스는 이미 세관원들 사이에서 뜨거운 감자가 되어 있었다. 뜨거운 감자를 덥석 물 관리는 없었다. 그렇게 며칠이 지났다.

"아! 좋은 생각이 났다."

또 다른 희망이 찾아들었다. 파비가 좋은 생각이 났다며 새로운 제안을 했다.

"차의 무게를 3.5톤으로 줄이는 거예요. 엔진하고 바퀴만 남기고 다 떼어 내면 어때요?"

우리 차의 실제 무게가 4.3톤이니 800kg만 줄이면 된다는 것이다. 사실 이건 이달고의 세관원도 제안했던 것이다. 하지만 우리는 말도 안 되는 일이라며 흘려들었는데, 그 아이디어가 파비의 머리에서 다시 나왔다.

"차에 실은 모든 짐을 내린 다음에 운전석만 남기고 모든 좌석을 떼어 내는 거예요. 그리고 세관을 통과한 다음 다시 다는 거죠."

차에 실린 모든 것을 제거하고 무게를 재 보니 4.1톤이었다. 의자를 떼면 150kg은 너끈히 줄일 수 있을 것 같았다. 하지만 나머지 450kg이 문제였다. 더 이상 차에서 떼어 낼 것도 없었다. 엔진을 들어내지 않는 한 불가능했다.

우리는 미로에 갇힌 쥐처럼 탈출구를 찾으려 애썼다. 여러 아이디어를 내고 실행하려 했지만 모두 수포가 되었다. 넘어야 할 산이 첩첩이 가로막고 있었다.

　멕시코와 과테말라 사이에서 조난당한 우리에게 그나마 다행인 것은 낯선 이방인을 딱하게 여기는 파비와 로돌프가 곁에 있다는 사실이었다. 로돌프는 하루에도 몇 번씩 국경을 드나들며 우리의 멕시코 탈출을 궁리했다. 막막하긴 했으나 이달고에서 두 사람을 만난 것만으로도 우리에겐 큰 힘이 되었다.

당신을 현행범으로
체포합니다

이달고에서의 시간이 길어지면서 우리는 파비 가족과 급속히 가까워졌다. 파비와 여동생 살마는 나를 '파파'라고 부를 정도였다. 파비 가족은 그날그날 장사할 음식을 마련하느라 이른 아침부터 늘 바빴다. 그들은 새벽 4시면 어김없이 일어나 하루 일을 시작했는데, 어느덧 나도 이들의 새벽일을 거들게 되었다. 타코스에 들어가는 재료 가운데 양파를 써는 일은 원래 이모인 산타 모니카의 일이었으나 내가 맡게 되었다. 양파를 썰다가 눈물이 나면 대파를 쪼개서 이마에 붙이고 양파를 썰었다. 그럴 때마다 가족의 웃음소리가 새벽을 갈랐다.

아침을 먹고 뜨겁게 달궈진 거리에 물을 뿌렸다. 이달고의 더위

● ● 이달고에서 지내는 동안 파비네 식당의 새벽일을 거들었다.

는 살인적이다. 특히 해가 중천에 뜬 한낮의 더위는 활동 의지를 꺾어 놓기에 충분했다. 사람들이 그늘을 찾아가며 길을 걷는 모습은 마치 전쟁 중에 병사가 적을 피해 숨어 다니는 모습과도 같았다.

등교 시간이 되자 거리는 아이들로 붐볐다. 이때 길 건너편에서 손잡고 등교하는 어린 남매가 눈에 들어왔다. 하얀 와이셔츠와 검정 반바지를 입은 오빠와 흰 블라우스에 자줏빛 치마를 입은 여동생 남매였다. 어린 여자아이는 검은 머리에 붉은 장미를 꽂고 있는 모습이 어찌나 예쁘던지 눈이 부셨다.

"카메라, 카메라!"

나는 차로 달려가 카메라를 낚아챈 다음, 남매의 뒤를 쫓았다. 이따금 오빠는 동생의 머리를 만져 주거나 옷매무새를 고쳐 주었는데, 그 모습이 얼마나 다정하던지. 내 카메라 셔터는 쉴 줄을 몰랐다.

어릴 적 생각이 났다. 엄마는 오랜 지병으로 병원에 자주 입원하셨다. 엄마가 없는 날에는 나보다 아홉 살 많은 누나가 나를 돌보았다. 누나는 아침마다 내 얼굴을 씻겨 주고는 거울 앞에 앉혀 놓고 머리를 빗겨 주었다. 누나는 "우리 아기는 석류야. 너무 예뻐!" 하면서 볼에 뽀뽀를 해 주곤 했다. 이국의 작은 마을에서 한 오빠가 여동생을 어루만지며 사랑을 쏟는 모습이 마치 내 누이의 모습 같아서 눈길을 잡았다.

내가 사진을 찍자 아이들이 부끄러웠는지 걸음을 재촉했다. 아이들의 걸음이 점점 빨라지더니 이내 뛰기 시작했다. 나도 질세라 아이들 뒤를 쫓으며 계속 사진을 찍었다.

학교에 다다르니 많은 아이가 등교하는 중이었다. 과제를 발표하는 날이었는지 저마다 종이로 만든 과제물을 하나씩 들고 있었다. 하나같이 행성 모형을 들고 있는 것으로 보아 우주를 주제로 한 과제인 모양이었다. 내 카메라가 이들에게로 옮아갔다.

남매는 학교 안으로 들어가더니 이내 아이들 무리 속으로 사라졌다. 나는 사진기를 들고 정문에 기대어 오가는 아이들 모습을 열심히 담았다. 아이들이 모두 등교하자 학교 문이 닫혔다. 정문을 돌아 낮은 담벼락에 기대어 아이들이 뛰노는 모습을 카메라에 담던 내 앞에 차 한 대가 멈춰 서더니, 한 사내가 창문을 내리고 소리쳤다.

"거기, 사진 찍지 마세요."

나는 사내를 안심시켰다.

"걱정하지 마세요. 전 한국에서 온 여행가입니다. 아이들이 너무 예뻐서요."

그러자 사내는 어디론가 전화했다. 나를 힐끗힐끗 쳐다보면서

통화하는 걸로 보아 경찰에 신고하는 모양이었다. 얼마 지나지 않아 멀리서 경찰차 두 대가 뽀얀 먼지를 일으키며 달려오는 게 보였다. 몇몇 학부모도 경찰서에 신고한 것 같았다.

나는 이때까지만 해도 사태의 심각성을 깨닫지 못했다. 경찰차에는 경찰 10여 명이 군복을 입고 전투 태세를 갖추고 있었다. 경찰은 내게 움직이지 말라고 경고했다. 순간 많은 사람이 몰려들었다. 이 광경을 놓치지 않으려고 멀리서 뛰어오는 이도 있었다. 경찰은 내게서 거칠게 카메라를 빼앗았다. 영어를 할 줄 아는 사내가 경찰의 말을 통역해 주었다.

"누구 허락을 받고 사진을 찍고 있나요?"

"허락은 받지 않았고, 아이들이 예뻐서 그냥 찍었을 뿐입니다."

"당신은 불법으로 아이들을 촬영하였으므로 현행범으로 체포합니다."

갑자기 군중 속에서 목소리가 높아졌다. 무언가 심상치 않은 일이 벌어지고 있었다. 한 할머니는 내게 주먹을 흔들어 보이며 고래고래 소리 질렀다. 사람들 표정이 험악해지기 시작했다.

'도대체 내가 무슨 잘못을 저지른 거지? 무슨 큰 죄라고 경찰까지 출동했단 말인가?'

허락 없이 사진을 찍어 다소 미안한 마음이 들긴 했지만, 이렇게까지 반응할 줄은 몰랐다. 모여든 사람들이 동요하자 경찰은 서둘러 수갑을 채웠다. 어떤 이들은 경찰차를 가로막고 알아듣지 못할 말로 소리를 질렀다. 경찰은 나를 태워 곧장 경찰서로 연행했다.

경찰서에 도착하자 웃통이 벗겨진 범죄자들이 철창 안에 가득했다. 내가 무슨 흥밋거리라도 되는지 그들 모두 철창에 달라붙어 나를 바라보았다. 경찰은 수갑을 풀어 주고 심문을 시작했다.

"어디서 왔나요?"

"꼬레아."

"수드? 노르떼?"

남이냐 북이냐를 묻는 것이었다.

"수드."

남미를 여행하며 한국에서 왔다고 하면 꼭 물어보는 게 바로 '남이냐 북이냐' 하는 질문이었다. 가끔 북한이라고 농담하면 눈을 동그랗게 뜨고 놀라워하는 반응을 보이지만, 남한이라고 하면 대개 호의를 보였다. 경찰관도 내가 남한에서 왔다고 하자 얼굴이 부드러워졌다. 나를 심문하는 경찰에게 "당신, 영어를 참 잘하시네요."라며 칭찬하자 그의 입이 귀에 걸렸다.

우리 대화의 대부분은 아름다운 멕시코의 자연과 맛있는 음식 그리고 친절한 이달고 사람들에 관한 것이었다. 갑자기 여경 몇이 다가오더니 함께 사진 찍자고 했다. 그들은 나와 찍은 사진을 서로 보여 주며 좋아서 어쩔 줄 몰라 했다. 주위의 경찰들도 싱글 벙글 구경하는 모습이 심각해 보이지 않았다.

심문하던 경찰이 잠깐 상관과 몇 마디 주고받더니, 이내 내게 와서 무엇을 찍었는지 보여 달라고 했다. 사진을 보여 주자 그도 잘 알고 있는 아이였는지 뭐라고 소리 지르며 껄껄 웃었다. 바로 상관의 아이들이었던 것이다. 찍은 사진들을 살펴보던 경찰이 아이들 사진을 모두 지우라고 했다.

'봐주려는 거구나.'

만일 재판에 회부될 거라면 압수했을 터. 나는 사진을 경찰서 직원에게 선물로 주었다.

"제 말 명심해서 잘 들으세요. 멕시코에서는 사진을 함부로 찍으면 안 돼요."

"왜죠?"

"범죄자들이 아이들을 많이 납치합니다. 돈이나 원한 관계가 많아요. 아이들을 찍을 때는 부모 동의를 얻어야 하고요. 특히 제복 입은 아이들은 절대 찍으면 안 됩니다. 아셨죠?"

제복 입은 군인이나 경찰, 국가 공공시설과 은행 내부도 촬영하면 곧바로 처벌된다고 했다.

"당신은 정말 운이 좋은 사람입니다."

나는 경찰의 배웅을 받으며 출소(?)했다. 집으로 돌아가는 길을 모른다고 하자 경찰차로 파비의 집까지 데려다주었다. 파비의 집에 이르자 사람들이 모여 있었다. 내가 경찰에 체포되어 끌려가는 것을 옆집 물장사 아저씨가 보고 알려 주었기 때문이다.

　　가족이 모여서 대책을 세우고 있었다. 강력하기로 소문난 멕시코 경찰에 체포되었다는 자체만으로도 그들에게는 두려운 일이었을 것이다. 파비는 얼마나 놀랐는지 나를 보자마자 금방이라도 울음을 터뜨릴 것 같았다.

　　사이좋은 남매의 사진을 지운 건 아쉽지만, 마음씨 착한 이웃과 나를 진심으로 걱정해 주는 파비의 마음을 확인한 것만으로도 충만한 하루였다.

짧은 인연,
긴 이별

　늦은 저녁, 국경의 붉은 노을을 뚫고 로니가 왔다. 그는 국경을 오가며 어려운 일을 해결하는 일종의 해결사였다. 합법적인 방식보다는 인맥을 이용해 일을 처리하는 것 같았다. 로니는 우리를 불러 모으고 반드시 자기 제안을 받아들여야 한다면서 이야기를 풀어놓았다.

　"내일 아침에 당장 떠나야 합니다. 뒤를 봐주는 세관원이 근무하는 10시에 과테말라 국경을 통과해야 합니다. 그리고 그때부터 24시간 안에 과테말라의 항구 도시 푸에르토바리오스Puerto Barrios 세관 주차장에 버스를 입고해야 합니다."

　로니의 말은 단호했다. 이 방법 외에는 어떤 해결책도 없으며,

은수를 여행용이 아닌 미국으로 수출하는 물품으로 둔갑시켜야 한다고 했다. 푸에르토바리오스 항구에서 은수를 배에 싣고 마이애미로 보내면 다시 여행할 수 있는 자격을 얻게 될 터였다.

"그렇게나 빨리요?"

이곳을 떠나야 한다는 사실이 한편으로는 두려웠다. 정든 파비 가족과 며칠이라도 시간을 두고 이별을 준비하고 싶었다.

"오늘 결정해야 합니다. 근무자 여러 명이 손발을 맞춘 거예요. 내일 떠나지 않으면 여러분은 이곳을 떠나는 데 오랜 시일이 걸릴 겁니다."

내가 결정을 주저하자 로니와 로돌프가 파비에게 상황을 자세히 설명해 주었다. 한참 이야기를 전해 들은 파비의 눈빛이 비장해졌다. 그러고는 종이에 도표까지 그려 가며 이 결정이 최선이라는 걸 우리에게 설명했다.

"내일 떠나셔야 해요. 이 일을 만드느라고 두 사람이 엄청 힘들었어요."

"하지만 파비, 항구에 간다고 해도 미국으로 가는 배가 없다는데 어떻게 무작정 갈 수 있단 말이야?"

며칠 전 과테말라에 거주하는 사람에게 그 항구에서는 3개월 이내에 미국으로 가는 화물선이 없다는 말을 들은 터였다. 3개월 후에도 배가 있을지는 장담할 수 없다고 했다. 은수는 몸집이 커서 컨테이너에 실을 수 없고 자동차를 실어 나르는 로로선(또는 벌크선)에 실어야 이동이 가능하다. 멕시코를 떠나 과테말라의 항구로 가는 일은 짙은 안개가 드리워진 불확실성 속으로 뛰어드는 것과도 같았다.

"내일 결정하면 안 될까요?"

"안 됩니다. 지금 결정해야 해요. 저는 오후 7시 전에 과테말라로 돌아가야 합니다. 그들이 퇴근하기 전에 확답을 줘야 합니다."

일단 멕시코를 떠나서 과테말라로 간 다음 후일을 기약하라는 분위기가 팽배했다.

"제발 받아들이세요. 파파가 한국어로 이 상황을 자세히 전해 들었다면 100% 받아들이셨을 거예요."

머뭇거리는 내게 파비는 애걸하듯 말했다. 선택의 여지가 없었다.

"그래."

대답하는 내 목소리가 가늘게 떨렸다. 짧고 무거운 결정이었다. 모두에게 침묵이 흘렀다. 우리 미래가 안갯속으로 숨어 버린 것만 같았다. 들어 본 적도 없는 과테말라의 푸에르토바리오스 항구로 가야 했다. 그곳에 가면 미국으로 가는 배를 구할 수 있으리라는 막연한 기대만이 있겠지. 또 어떤 어려움이 우리를 기다리고 있을까?

이 여행은 참으로 이상하다는 생각이 들었다. 계획한 대로 된 적이 거의 없었다. 무언가에 끌려가듯 운명처럼 이곳까지 흘러왔다. 남미 대륙을 지나 중미로 넘어왔다. 중미의 파나마까지는 육로가 없어 페리로 건너왔다. 불행인지 다행인지 그 페리는 우리를 내려 준 것을 마지막으로 6개월간 운행을 정지하게 됐다. 그리고 다시 멕시코에서 길이 막혔다.

남미라는 드넓은 대륙을 활보하다가 그보다 좁은 중미의 멕시코와 파나마 사이에 갇혔었다. 이후 멕시코의 작은 국경 마을에 갇히더니, 이제는 과테말라의 어느 항구 주차장에 갇힐 신세에 놓였다. 풀어 키우던 닭을 잡으려고 좁은 골목으로 몰아가듯 우리는 점점 좁은 공간으로 떠밀려 가고 있었다.

"파파, 우리 잊지 않으실 거죠?"

"절대 못 잊지. 여행 끝나고 다시 돌아올게. 약속해."

서툰 영어로 나를 '택씨'라고 장난스럽게 부르던 로돌프도 감회에 젖었다. 그는 '내가 이 사람들을 도울 수 있습니다.'라며 손을 내밀 때만 해도 일이 이렇게 커질 줄은 몰랐을 것이다. 그저 곤경에 처한 사람들을 외면하기 어려웠을 뿐인데 말이다. 게다가 내색하진 않았지만 우리의 탈출을 위해 큰돈이 들었을 것이다. 산타클로스의 썰매를 끄는 루돌프 사슴에 빗대어 "로돌프, 당신은 사슴이야. 로돌프 사슴. 하하하!" 하고 농담을 건네면 입이 귀에 걸리곤 하던 그는 날개 없는 천사가 분명했다.

　다음 날 아침, 여느 때와 다름없이 우리는 새벽 4시에 일어나 음식을 준비했다. 나는 대파를 이마에 붙이고 양파를 잘게 썰었다. 파비는 잊지 않고 잘 익은 소고기 한 점을 내 입에 넣어 주며 내 표정을 살폈다. 산타모니카는 토르티야를 굽느라 연신 이마의 땀을 훔쳤다.

　"파파, 오늘 저 학교에 데려다주세요."

　막내 살마가 가방을 메고 함께 등교하자며 부엌으로 들어왔다. 이제 떠나면 언제 다시 올지 모르는 나와의 마지막 등교였다. 살마를 학교 정문 안으로 들여보내며 안아 주었다. 참고 있던 눈물이 터졌다. 살마도 펑펑 울었다.

　"잘 가요, 파파."

　"공부 잘하고. 또 볼 날이 있을 거야."

　오전 10시가 가까워졌다. 정말 이달고를 떠날 시간이었다. 아침 장사를 끝내고, 손님이 없는 가게 앞에 은수를 세웠다. 먼저 눈물을 터뜨린 것은 파비의 이모 산타모니카였다. 말수가 적어 항상 무뚝뚝해 보이던 그녀가 기둥에 기대어 눈물을 흘리자 파비의 어머니도 따라 울기 시작했다. 늘 씩씩하던 파비 눈에도 눈물이 고였다. 이토록 정 많은 멕시코 사람들이라니.

●● '파파, 당신은 내게 아주 특별해요.'라고 쓴 파비의 글.

"여행 중 가장 인상 깊은 곳, 다시 가 보고 싶은 곳은 어딘가요?"

여행을 마치고 한국으로 돌아온 내게 많은 이가 물었다.

"멕시코의 이달고라는 작은 마을입니다. 거기에 제 가족이 있거든요."

지금도 파비 가족을 떠올리면 내 얼굴에는 그리움의 미소가 번진다. 그러고 보니 파비와 헤어진 지도 벌써 7년이 넘었다. 2016년 파비를 한국에 초대했다. 하지만 파비가 한국에 오기로 한 날의 일주일 전에 내게 아쉬운 메시지가 도착했다.

파파, 나는 아이를 가졌어요. 오늘 의사와 상의했는데 내겐 무리한 여행이라고 합니다. 너무 아쉽고 그립습니다.

얼마 후 파비는 사내아이를 낳았다는 소식을 전해 왔다. 여행은 그렇게 많은 인연과 닿고 헤어지며 이어진다.

초라한 천사,
시세로

파비와 로돌프 덕분에 과테말라 국경 지대를 무사히 빠져나왔지만, 모든 게 해결된 것은 아니었다. 우리는 과테말라 정부로부터 24시간 안에 지정된 장소인 푸에르토바리오스 항구 세관 주차장에 차를 입고시키라는 명령을 받았다. 은수를 배에 실어서 다른 나라로 가지 않는 한, 주차장에서 한 발짝도 움직일 수 없었다. 은수는 바퀴가 달려 있지만 마음대로 다닐 수 없는 신세였다.

계획대로라면 지금쯤 멕시코 여행을 끝내고, 미국 남부 도시 뉴올리언스에서 낭만에 취해 있었을 것이다. 하지만 현실은 고생도 이런 '개고생'이 따로 없었다.(물론 이달고에서 파비와 로돌프를 만나지 않았다면 그 고생은 더했을 것이다.) 멕시코에서 과테말라로 들어

왔지만 우리는 안갯속에서 방향을 찾지 못하고 있었다.

과테말라 국경을 떠나면서 여러 사람에게 도움을 청했다. 하지만 모두 도울 길이 없다는 암울한 소식만 전해 왔다. 과테말라의 유일한 항구인 푸에르토바리오스에도 미국으로 가는 배가 없었다. 게다가 이 차가 마이애미에 도착하더라도 대기 환경 규제로 미국 내 운행이 어려울 거라는 말을 전해 듣기도 했다. 이런저런 걱정으로 운전하는 내내 머릿속이 복잡했다.

늦은 오후, 운전한 지 20시간이 넘어서야 목적지인 항구에 도착했다. 푸에르토바리오스는 무역 도시다. 특히 미국에서 부서진 사고 차량을 많이 수입하는 탓에 거리는 중고차 수리점으로 가득 찼다. 도로는 포장이 모두 뜯겨서 폭탄을 맞은 것처럼 여기저기 웅덩이가 패어 있었다. 도시에서 풍기는 느낌은 '살벌함' 그 자체였다.

어렵게 세관 사무실을 찾아 차를 주차장에 입고시키고 해운운송업체를 찾아 나섰다. 부두를 중심으로 운송업체가 즐비했다. 하지만 컨테이너선을 이용하는 운송업체가 대부분이었고, 은수를 실을 벌크선이나 로로선을 취급하는 회사는 없었다. 날씨는 또 얼마나 더운지 현기증이 날 정도였다. 무엇보다 이들과 말이 통하지 않는다는 게 문제였다. 몸도 마음도 지쳐 갔다.

내가 남미로 여행을 떠난다고 했을 때 평소 알고 지내는 여행 작가가 물었다.

"선배님, 스페인어 할 줄 아세요?"

"아니? 못하는데? 영어 하면 대충 알아듣겠지, 뭐."

"아이고, 선배님. 스페인어를 모르고 가는 남미 여행은 오토바이 운전면허로 우주선을 모는 것과 같아요."

그의 말대로 남미 사람들이 얼마나 영어를 못하는지 절실히 경험했다.

"어디서 오셨나요? 제가 좀 도와드릴까요?"

망연자실한 내게 한 사내가 유창한 영어로 말을 걸어 왔다. 하지만 그의 행색이 너무 초라해서 과연 믿을 만한 사람인지 선뜻 판단이 서지 않았다. 때가 묻어 얼룩진 러닝셔츠, 돌려 쓴 모자, 당장 고물상으로 가도 될 법한 자전거, 바싹 마른 체구에 새까맣게 그을린 얼굴. 그의 모습 어디에서도 신뢰가 묻어나지 않았다. 하지만 영어를 할 줄 아는 그에게 의지할 수밖에 별도리가 없었다.

"한국에서 왔습니다. 미국 마이애미까지 차를 실어 줄 해운회사를 찾고 있습니다. 좀 도와주실 수 있나요?"

"물론 도와드려야죠. 말해 보세요."

"여기 있는 모든 해운 운송사가 우리 차를 실어 줄 배가 이곳 항구에 없다고들 합니다."

● ● ● 시세로를 만난 것은 내게 행운이었다.

그는 어이없다는 표정을 지었다.

"배가 없기는요. 일주일에 세 번씩 미국 마이애미를 오가는 페리가 있는데요?"

순간 귀가 번쩍 뜨였지만 왠지 그의 말을 곧이곧대로 믿기 어려웠다. 버젓이 사무실을 가지고 있는 업체들도 없다고 하는데, 길에서 우연히 만난 사람 이야기를 섣불리 믿을 수 있겠는가.

'이 사람이 도와주는 척하면서 돈을 뜯어낼지도 몰라.'

하지만 그의 말을 믿어 보는 것 말고는 현실적인 대안이 없었다.

"제가 그 회사에서 항해사로 일합니다. 일주일에 세 번 마이애미로 떠나죠."

"그런데 왜 여기 운송사 사람들은 배가 있다는 것을 알려 주지 않죠?"

"다 도둑놈들입니다. 자기네 컨테이너로 보내면 2,500달러 정도 받습니다. 그런데 이 페리는 1,200달러 정도로 저렴하죠. 게다가 그들에게 수수료를 물지 않아도 되고요. 그래서 안 알려 주는 겁니다. 나쁜 사람들이죠."

마침 그는 한 달간 휴가를 보내는 중인데, 다음 날 아침 자기네 회사로 안내해 주겠다고 했다.

"제 이름은 시세로입니다. 로마의 황제죠. 하하하! 그럼 내일 아침에 봅시다."

다음 날 아침, 우리가 묵는 숙소로 시세로가 찾아왔다. 전날과 변함없이 낡은 야구 모자에 어깨가 드러난 민소매 티셔츠를 입고 있었다. 그는 식습관이 남달랐는데, 고기는 먹지 않으며 저녁 5시에 한 끼만 먹는다고 했다. 다만 배를 탈 때는 일해야 하므로 하루 세 끼를 먹는단다. 독특한 사람이었다. 서서히 그에게 궁금증이 더해 갔다.

푸에르토바리오스 외곽에 위치한 사무실에서는 많은 직원이 분주하게 일하고 있었다. 직원들은 시세로를 보자 반갑게 인사했다. 비로소 그에 대한 의심이 걷히기 시작했다. 한 직원이 본사로 전화를 걸어 우리 차의 운임을 의논했다. 차는 작지만 차지하는 면적 때문에 1,400달러 정도가 들 거라고 했다. 어제만 해도 앞날이 캄캄했는데 이렇게 극적으로 밝아지다니 믿기지 않았다.

"와! 정말 실어 주는 건가요?"

"그럼요, 이게 우리 일인데요. 우리가 고맙죠."

40년 경력의 교포 운송업자도, 현지 회사들도 없다던 마이애미 행 배를 정말로 찾아내다니.

"어느 분께서 이 차가 너무 오래돼 미국에서 운행이 안 된다고 하던데, 사실인가요?"

"아뇨, 문제없습니다. 대기 환경 규제가 있기는 하지만, 여행자 차량은 면제입니다. 대신 여기서 넣은 질 나쁜 디젤 연료를 다 빼 내고 미국에서 새 디젤 연료를 넣어야 해요. 미국 연룻값 15달러 도 운임에 포함되어있습니다."

나는 벌떡 일어나 두 팔을 벌려 그를 껴안고 경중경중 뛰었다.

"모레 떠날 수 있게 해 드리면 되죠?"

3개월 이내에 미국행 배가 있을지 없을지 단정하기 어렵다더니, 당장 모레 배를 선적하란다. 모든 일이 잘 풀렸다. 초조하게 소식을 기다리고 있을 파비에게 전화로 이 사실을 알리자 수화기 너머로 그녀가 환호하는 소리가 쩌렁쩌렁 울리는 것 같았다.

길에서 '천사' 시세로를 만난 건 행운이었다. 천사는 초라한 모습으로 나타난다던데, 그의 모습은 초라함을 넘어 걸인에 가까웠다. 그가 영어를 하지 않았다면 나는 그 천사를 외면했을 것이다.

"시세로, 우리가 좀 보답하고 싶은데요."

그와 헤어지며 고마운 마음을 어떻게든 표현해야겠다고 생각했다.

"아니에요. 그때 저는 겁에 질린 당신들을 도와야겠다는 생각밖에 없었어요."

겉모습만 보고 한순간이나마 그를 의심하고 경계한 자신이 한없이 부끄러웠다.

시동을
끄지 마세요

지금까지 여행한 과정을 되돌아볼 때 여행 이전에는 생각하지 못했던 일이 꼬리를 물고 이어졌다. 여행을 떠나기 전에는 어떤 책이나 온라인 자료에서도 알 수 없던 일이다. 미국에서 40년간 해운운송업을 해 왔다는 교포도 과테말라에서 미국으로 가는 벌크선이 없다고 했지만, 결과적으로 페리를 찾을 수 있었다. 어려움이 닥칠 때마다 고맙게도, 그리고 예상치 못하게도 모르는 사람이 나타나 문제를 해결해 주었다. 모든 어려움을 예상하고 대책을 세우고 준비하고서 여행을 시작하려고 했다면, 나는 아직도 책상에 앉아 인터넷으로 여행 자료를 뒤지고 있었을 것이다.

미국 마이애미에 도착하여 부두에서 은수를 데리고 나오던 날은 구름 한 점 없이 맑았다. 미국에서 우리에게 주어진 시간은 약 20일이었다. 8월 8일 뉴욕에서 독일로 떠나는 화물선에 은수를 실어야 했기 때문이다. 이 정도 시간 여유라면 미시시피강을 따라 뉴올리언스를 여행하는 것도 가능하리라 생각했다. 뉴올리언스는 재즈의 고향이 아니던가. 그래서인지 그곳은 음악과 낭만의 선율 위에 놓인 도시라는 느낌을 주었다.

　이른 아침 뉴올리언스를 향해 마이애미를 떠나는 기분 좋은 하루가 시작되고 있었다. 오랜만에 경험하는 온전한 평온함이었다. 탬파Tampa라는 도시를 지나 휴게소에서 점심을 먹고 다시 출발하려는데, 시동이 걸리지 않았다. 여러 번 시동을 걸었으나 그때마다 '푸드득' 소리를 내며 엔진이 멈췄다.

　"또 시작이네요."

　"아니, 갑자기 왜 이러는 거야? 은수야!"

　"큰일이다. 여긴 현대자동차 정비소도 없는데."

　그동안 남미의 질 나쁜 연료를 탓했는데, 그것 때문만도 아닌 모양이었다. 나는 미국에 있는 인맥을 총동원해 탬파의 한국인 정비소를 찾았다. 휴스턴에 사는 청년이 겨우 한인 정비소 한 곳을 알려 주었다.

　"브루스 리 정비소라는 곳이 있는데요. 버스는 고치지 못한답니다."

그래도 기댈 곳은 거기밖에 없었다. 은수는 가다 서기를 반복하며 어렵게 브루스 리 정비소로 갔다. 버스가 정비소 마당으로 들어서자 50대 후반의 한국인이 나왔다. 그의 눈이 은수의 노선표로 갔다.

"이게 뭐야? 서울에서 여기까지 온 거예요?"

"네, 남미를 일주하고 8개월 만에 오는데 자꾸 고장이 납니다."

"차는 원래 고장이 나는 거라우. 그런데 어쩌죠? 여기는 승용차만 고치는 곳이라서 버스는 고치기 힘들어요."

난감해하는 나를 보며 사장이 다시 말했다.

"일단 진단기라는 기계가 없어요. 진단기로 봐야 어디가 고장인지 알 수 있거든요."

"그래도 믿을 곳은 여기밖에 없습니다. 저희보다야 낫지 않겠습니까?"

통사정하는 내게 사장이 제안했다.

"그럼 제가 시간이 나는 대로 살펴볼 테니 차를 여기에 두고 가세요. 한 열흘 걸릴 거예요."

일단 안도의 한숨을 쉬었다. 아무리 기계가 없어도 기계치인 나보다야 그가 낫지 않을까? 한숨 돌리고 사무실을 보니 온통 배우 브루스 리의 사진이 걸려 있었다.

"제 미국 이름도 브루스 리입니다. 하하하!"

브루스 리 사장님은 내게 커피를 내주며 호탕하게 웃었다.

"그런데 잘 곳은 있수?"

"잘 곳이 어디 있겠습니까? 혹시 이 근처에 값싼 호텔이 있으면 알려 주실 수 있나요?"

"걸어서 가기는 힘들어요. 어디 알아봅시다."

내가 말을 이어받았다.

"한인 교회에 가까운 곳이면 좋을 것 같아요."

전화를 걸던 사장이 되물었다.

"교회 다니시나요?"

"네."

미국의 한인 사회는 교회를 중심으로 형성되어 있다. 교회에 가면 한국인도 만날 수 있고 무엇보다도 우리 음식을 먹을 수 있을 거라는 간절한 기대감이 있었다.

"그래요? 잘됐네요."

그는 다시 어디론가 전화했다.

"목사님, 여기 길 잃은 양 두 마리가 있습니다. 좀 돌봐주셔야겠어요."

이때 한 남자가 사무실 문을 열고 들어왔다.

"야, 이분들 너희 형님 댁에 모셔다드려라. 길 잃은 양들이시다."

절묘한 순간에 그 목사의 동생이 우연히 이곳을 들른 것이다.

우리가 몸을 의탁하게 된 곳은 한인 목사님 댁이었다. 한국에서 온 유학생들이 그 집에서 일종의 홈스테이를 하고 있었다. 마침 방학을 맞아 학생들이 한국으로 돌아가 방이 모두 비어 있던 덕분에 나와 J는 방을 하나씩 차지하게 되었다.

　며칠이 지난 저녁이었다. 처음으로 목사님 부부와 우리가 둘러앉아 이야기를 나누었다.

　"혹시 과테말라 지나왔나요?"

　"네, 다녀왔습니다. 그곳 과테말라 한인 교회에서 돌봐 줘서 잘 지내다 왔습니다."

　"아, 그래요? 거기 목사가 저와 절친입니다."

　"그러면 혹시 박○○ 목사님이신가요?"

　"네, 맞아요!"

　"그 목사님이 마이애미에서 어려움이 있으면 연락하라고 하셨어요. 거기에 절친한 목사가 있다면서요. 그런데 제가 그 집에 와 있는 건가요?"

　이 굉장한 우연에 즐거움과 놀라움이 교차했다.

　차는 생각만큼 잘 고쳐지지 않았다. 탬파에 머문 지 11일째 되던 날, 브루스 리 사장님이 연락해 왔다. 아무리 보아도 이상을 찾을 수가 없고 지금은 정상으로 돌아와 있다는 것이다. 하지만 언제 시동이 꺼질지 모른다며 방법은 단 한 가지라고 했다. 엔진 연소실에 구멍을 뚫고 관을 삽입한 후 연료가 올라오지 않을 때 가스를 분사하는 것이었다. 이 방법은 아주 신통력을 발휘해서 엔진이 꺼져 갈 때 스프레이 가스를 관에 주입하여 엔진이 직접 힘을 받을 수 있도록 하는 것이다.

탬파에서 12일을 소비했다. 뉴욕에서의 선적일이 코앞으로 다가왔다. 뉴올리언스로 가려던 계획도 무산되었다. 이제 미국 동해안을 따라 부지런히 올라가야 했다. 차를 몰고 막 떠나려는 나를 브루스 리 사장이 멈춰 세웠다.

"주의 사항이 있어요. 앞으로 배에 실을 때까지 시동을 끄시면 안 됩니다. 어쩌면 시동이 걸리지 않을 수도 있거든요."

"그럼 불이 나지 않을까요?"

"그럴 염려는 없습니다. 부지런히 올라가면 5일이면 뉴욕에 도착합니다. 일단 해운회사 주차장에 넣으면 알아서 하겠죠."

우리는 불씨를 조심스레 안고 가는 토기장이처럼 시동이 꺼지지 않도록 정성을 다했다. 다행히 한여름이라 에어컨을 켜고 잠을 자야 하니 밤에도 시동을 끌 일이 없었다. 그렇게 5일간을 시동을 끄지 않은 채 운전했다. 은수를 해운회사 주차장에 입고하고 나서야 시동을 껐다.

"형님, 혹시나 차에 시동이 걸리지 않아서 선적이 안 되면 어쩌죠?"

"그건 해운회사가 알아서 하겠지. 다음 날이면 말짱해지고는 하잖아."

우리는 혹시나 해운회사에 붙잡힐세라, 주차장에 은수를 버리 듯 남겨 두고 후다닥 도망쳐 나갔다.

미국 신문 기사가
가져온 행운

"당신 차는 뉴욕에 들어갈 수 없습니다."

뉴욕에서 은수를 선적하기 직전의 일이다. 다리 하나만 건너면 뉴욕인데, 경찰의 말에 바로 코앞에서 길이 막혀 버렸다. 천신만 고 끝에 이곳까지 왔건만 뉴욕에 들어갈 수 없다니. 우리 여행은 남미와 중미를 거쳐 이곳 뉴욕 맨해튼에서 '시즌 1'을 마무리하고, 뉴욕항에서 독일행 배에 은수를 태워 유럽으로 넘어가면서 '시즌 2'를 시작할 예정이었다. 그런데 뉴욕에 들어가지 못하면 모든 계 획이 수포가 될 것이다.

"9·11 테러 이후로 외국 번호판을 단 차량은 안전이 보장되지 않는 한 뉴욕 출입이 제한됩니다."

테러 이후에 캐나다와 미국 번호판을 단 차량 외에는 도시의 출입이 무척 까다로워졌다는 설명이다. 경찰과 톨게이트 출입 담당 직원의 태도는 분명했다. 한글 번호판을 생전 처음 보는 그들이 우리 차를 안전하지 않다고 판단하는 것도 무리가 아니었다.

"이 버스는 세계를 여행하고 있습니다. 뉴욕 항구에서 다음 주에 독일행 배에 실려야 합니다. 방법이 없을까요?"

경찰도 난감했는지 어깨를 으쓱이며 입맛을 다셨다.

"방법은 있습니다. 입항한 항구로 가서 미국 번호판을 달고 오시면 됩니다."

묘안이라며 알려 주었으나, 받아들이기 힘든 방법이었다.

"마이애미 항구로 다시 돌아가라고요? 거기가 여기서 얼마나 먼데요. 꼬박 3일이 걸립니다."

그러나 원칙을 지키는 경찰에게 이런 사정이 통하지는 않았다. 여행하는 중에 위기를 맞을 때마다 '하늘이 무너져도 솟아날 구멍은 있다.'라고 생각했는데, 지금은 그런 생각을 할 수 있는 상황이 아니었다. 그때 J가 다급하게 소리쳤다.

"형님, 신문!〈버지니안 파일럿The Virginian-Pilot〉 신문 기사요!"

"아! 그렇지. 신문을 보여 주자."

버지니아주에서 제일 큰 매체라는 〈버지니안 파일럿〉에서 그 날 아침에 우리의 여행 이야기를 대문짝만 하게 실어 주었던 것

hampton roads

ALTERNATE ROUTE: A MAN, A BUS AND A WORLD TREK

To this Korean retiree,
an old, green city bus
is life without borders.

By Mary Beth Gahan
The Virginian-Pilot

NORFOLK

Lim Taek first saw the green microbus five years ago. It had 300,000 miles on it from busing Seoul residents, but it was no longer in service. Lim also was at the end of his working life – in his country, retirement is often mandated as early as 50.

Now Lim and the bus are embarking on their second journey.

Lim and three friends shipped the bus to Lima, Peru, at the end of October and met up with it on Dec. 16. The idea was to work their way up South and Central America, zigzag across the United States and hop over to Europe. Like most of life's plans, this idea changed.

One of Lim's travel companions dropped out before the trip even began. Another would leave midway through. The limits of the men and the bus were tested. But that was the point.

To understand Lim's thinking when he purchased the green bus with more miles than an average car endures in a lifetime, one must look at Seoul's transportation system. Blue buses travel long distances across the capital. The green line stays within one area, never straying from its designated district.

"It was running the same route over and over," he said.

Lim Taek, 55, exits the bus he and friends bought. His travels brought him to Norfolk and the Basilica of Saint Mary of the Immaculate Conception on Sunday.
HYUNSOO LEO KIM PHOTOS | THE VIRGINIAN-PILOT

■ "You never know your potential until you travel. You can live the second part of your life even greater."

Lim Taek, a South Korean man on a round-the-world bus trip

Lim pulled out most of the bus' 25 seats and installed a bed in the back. He kept it green but added an advertisement for the trip's Facebook page on the windows. He refurbished the engine, allowing it to drive faster than 43 mph, the limit for buses in South Korea. Somewhere in Bolivia, the microbus hit 80 mph – passing other buses along the way.

"You never know your potential until you travel," Lim said. "You can live the second part of your life even greater."

Bus No. 12 paid them back in time.

The brakes didn't give out as they passed dozens of crosses on a steep mountainside in Peru, and it took them past Colombian soldiers with guns drawn on a drug cartel. The gas tank stayed just full enough to get them to shelter when they lost their way on a Bolivian salt flat during a sandstorm.

The bus broke down several times. The latest was in Tampa, Fla. The days it took to fix the problem caused them to change course and hug the East Coast instead of driving inland. The change had them drive past Hampton Roads this weekend.

They attended Sunday Mass at the Basilica of Saint Mary of the Immaculate Conception in Norfolk and met with members of the Korean community in Virginia Beach.

One woman wept because she remembered bus No. 12 from her time in South Korea.

"We've realized how much the bus can give to other people," said Insoo Jung, Lim's lone remaining companion on

the globe-trotting trip.

From here, they'll go to New York City, then ship the bus to Germany to travel across Europe. They hope to cross the Middle East and China and eventually take the bus through North Korea by May.

If allowed through the country that essentially makes South Korea an island, Insoo said, the bus will become a symbol of something bigger than a trip around the world.

Either way, they hope the bus will be an inspiration to

young South Koreans who want to live their life outside current boundaries.

"We're not politicians," Lim said. "We're travelers."

Mary Beth Gahan, 757-222-5208, marybeth.gahan@pilotonline.com

Lim chugs water next to his travel companion, Insoo Jung. The two have already traveled up through South America in their bus, which they had shipped from Seoul.

what's ahead

From here, Lim and Insoo will go to New York, then ship the bus to Germany to explore Europe. They hope to cross China and the Middle East and eventually drive across North Korea.

미국 버지니아주의 대표 신문 〈버지니안 파일럿〉에 나의 이야기가 실렸다.

이다.

"이 신문 좀 보세요. 우리는 이렇게 마을버스 세계 여행을 하고 있습니다. 곧 〈뉴욕 타임스〉하고도 인터뷰하게 될지 모르고요."

신문을 받아 든 경찰의 태도가 완전히 바뀌었다. 그는 어디론가 전화를 걸었다.

"여기 외국 번호판을 단 차가 스톤 브리지를 건너려고 합니다. 그런데 이 차가 아주 유명합니다. 오늘자 〈버지니안 파일럿〉에도 이 사람들이 전면에 나왔어요. 그 신문을 제가 손에 들고 있습니다. 들여보내도 되죠?"

경찰은 신이 났다. 그는 한술 더 떠서 "오늘 〈뉴욕 타임스〉하고도 인터뷰해야 한답니다."라고 말하며 우리에게 윙크를 보냈다.

"통행료 13달러만 주세요. 제가 통행료를 대신 내 드릴 테니 당신들은 다리를 건너가면 돼요."

조금 전까지만 해도 바늘 하나 들어갈 구멍이 보이지 않았는데 상황이 180도 바뀌었다. 이게 다 두 달 전 멕시코를 여행하던 중 받은 이메일 덕분이었다.

우리는 〈버지니안 파일럿〉이라는 신문사입니다. 본사는 버지니아 노퍽시에 있습니다. 미 대서양 함대 사령부가 있는 도시입니다. SNS에서 당신들의 여행 이야기를 보았습니다. 낡은 자동차와 여행하는 휴먼 스토리를 취재하고 싶습니다.

하지만 우리의 미국 여행 계획에 버지니아는 없었다. 미국 신문이라곤 〈뉴욕 타임스〉 정도만 알던 내게 〈버지니안 파일럿〉이라는 신문사는 생소하기도 했다. 당시 우리는 미국 서부를 거쳐 캐나다로 간 다음, 시카고와 나이아가라 폭포를 지나 뉴욕으로 갈 계획이었다. 미국 동부에 있는 버지니아, 그것도 노퍽Norfolk이라는 도시는 여행지로 생각지도 않던 곳이다.

그런데 이것도 운명인 건지, 차가 고장 나면서 일정에 차질이 생겨 버렸다. 미국 서부로 가려던 계획이 중부로 바뀌었다가 뉴욕으로 직행하는 것으로 다시 바뀌었다. 결국 노퍽을 지나게 되었고, 〈버지니안 파일럿〉과의 인터뷰도 진행하게 되었다.

인터뷰는 흑인 교회로 유명한 마리아 성당에서 일요일에 진행됐다. 이 교회를 방문하고 싶던 나의 의사를 신문사에서 반영해 준 것이다. 이 신문사에서 근무하는 한인 교포 김현수 기자의 도움으로 인터뷰를 잘 마쳤다.

"기사는 언제 나올까요?"

"빠르면 이번 주 수요일에 나옵니다."

"우리는 내일 뉴욕으로 갑니다. 신문이 나오면 보내 주실 수 있

● ● 여행을 떠난 지 9개월 만에 미국 맨해튼의 브로드웨이에 도착했다.

을까요.”

“그럼요. 뉴욕 숙소로 보내 드리겠습니다.”

다음 날 이른 새벽, 우리는 뉴욕을 향해 떠났다. 아침 6시가 조금 지난 시간에 김현수 기자로부터 메시지가 왔다.

일정이 바뀌어 오늘 아침 신문에 기사가 났습니다. 그것
도 가장 보기 좋은 3면에 전면으로 나왔습니다. 아침 6시
반쯤 되면 신문이 다 팔려 버릴 테니 근처 가까운 편의점
으로 얼른 가 보세요.

편의점 가판대에 가보니, 그의 말대로 신문이 거의 다 팔리고
세 부만 남아 있었다. 4.5달러를 주고 모두 샀다. 오래된 성당을
배경으로 운전석에서 내리는 내 모습이 큼지막하게 나온 사진이
함께 실린 기사였다.

인터뷰 기사가 예정대로 3일 뒤에 신문에 실렸다면 어찌 되었
을까? 우리의 뉴욕 입성에 차질이 생겼을 수도 있다. 어떤 이유로
기사가 예정보다 빨리 나왔는지는 모르지만, 이 일은 우리 여행
에 행운을 더해 주었다.

여행 중에 많은 어려움을 만났다. 그때마다 예상치 못하게 문제
가 해결되곤 했다. ‘왜 이런 일이 생겼을까?’ 하고 고개를 갸우뚱

거리는 순간이 적지 않았다. 그러나 시간이 지나면서 그 일들은
고비를 넘기는 촉매제가 되었다.

　모든 일은 좋든 나쁘든 모두 가치를 지니고 있다. 어쩌면 우연
이나 행운이라고 하는 것은 어려움에 도전하는 이들에게 주는 보
너스가 아닐까?

PART 3

유라시아 대륙을 가로지르다

저는 낡은 마을버스를 몰고 세계 여행 중인 임택이라고 합니다.
저는 인생 일모작을 마치고 이모작으로 여행 작가에 도전하고 있습니다.
평생 하고 싶던 일을 지금에 하는 것입니다.
이 차는 동네 뒷골목을 평생 다람쥐 쳇바퀴처럼 돌던 낡은 마을버스입니다.
그리고 저도 이제껏 가정을 먹여 살리느라 제 꿈을 접고 살아왔습니다.
한마디로 인생을 살 만큼 살아온 낡은 버스와
이제 낡기 시작한 사람이 용기 있게 세계 여행에 도전한 것입니다.
이 여행을 통해 길을 잃고 방황하는 이들에게
힘을 내라는 응원을 보내고 싶습니다.

제가 바로
자동차 정비사입니다

　뉴욕항을 떠난 은수가 한 달여 만에 독일 브레머하펜Bremerhaven 항구에 도착했다. 차를 항구로 들여오는 일은 국경을 통과하는 것보다 까다로웠다. 하루면 찾을 수 있을 거라 생각한 은수는 이틀이 지난 뒤, 보증금 1,400유로를 내고서야 풀려났다.(차량 보증금이 있다는 사실을 나중에야 알았다.) 차를 찾느라 유럽 여행을 시작하기도 전에 정신이 쏙 빠져 버렸다. 정신없는 가운데 '파비안'이라는 독일인에게서 계속 메시지가 왔다.

　저는 파비안이라고 합니다. 브레멘에 꼭 들러 주세요.

어느덧 우리 여행은 외국인에게도 상당한 관심의 대상이 되었다. SNS는 우리의 여행 영토를 정신없이 넓혀 놓았다. 파비안 말고도 이미 많은 사람으로부터 자기 나라에 오면 방문해 달라는 요청을 받던 우리는 이런 러브콜에 살짝 거만해져 있었다.

'이 사람이 나를 왜 만나려고 한담?'

애초 계획은 항구를 하루빨리 벗어나 암스테르담으로 가는 것이었다. 교환 학생으로 네덜란드에서 유학 중인 아들이 기다리고 있었기 때문이다. 아들 채욱이는 아버지와 마을버스를 타고 유럽 여행을 함께할 생각에 부풀어 있었다. 상황이 이러하니 낯선 독일인의 초대가 마음을 비집고 들어올 틈이 없었다. 나는 일정상 브레멘Bremen에 들르기가 어렵겠다고 여러 차례에 걸쳐 메시지를 보냈다. 그러나 그는 의지를 굽히지 않았다.

가시는 길에 2시간만 들르시면 됩니다. 꼭 뵙고 싶습니다.

간절함이 배어나는 메시지가 계속 왔다. 그날 중으로 암스테르담에 도착하려면 적어도 오전에는 출발해야 했지만 은수를 찾기 위해 보험을 들고 경찰서에 가서 공증받느라 출발 시간을 놓쳐 버렸다. 이왕 이렇게 된 것, 파비안이라는 사람을 만나고 가는 것도 나쁘지 않겠다는 생각이 들었다.

어차피 유럽 여행 첫 일정도 이미 계획에서 벗어나지 않았는가. 지금까지 계획대로 이루어진 게 손에 꼽을 정도로 빗나가는 게 많은 여행이었다. 계획대로 되지 않았다고 여행을 망치는 일은 없었다. 오히려 그때마다 뜻밖의 '사건' 덕분에 값진 추억을 만들곤 했다. 만일 여행이 계획한 대로 순조롭게만 이루어졌다면 소금기 빠진 음식처럼 밍밍하지 않았을까? 파비안을 만나 계획에 벗어난 일을 또 하나 만드는 것도 재미있을 것 같았다.

오후 2시쯤 파비안이 알려 준 브레멘의 어느 주차장에 은수를 세웠다. 약속한 오후 3시가 되자 하얀색 승용차 한 대가 마을버스 앞에 멈춰 섰다. 자동차 문을 나오며 환한 웃음을 짓고 두 팔 벌려 우리를 환영하는 그와 마주하자 곧 코스타리카가 떠올랐다. 우리 일행은 누구 할 것 없이 환호했다.

"파비안!"

"택씨!"

우리는 서로 부둥켜안고 껑충껑충 뛰었다.

지난여름, 파나마에서 코스타리카로 넘어가던 국경에서 파비안을 만났다. 당시 나는 동행이 한 명 있었고, 파비안은 여자 친구와 여행 중이었다. 범죄율 높기로 악명 높은 파소카노아스Paso Canoas 국경 마을에는 살벌한 분위기가 가득했고, 몸을 숨길 만한 곳도 없었다. 차가 국경에 다다르자 사람들이 호기심을 가지고 몰려들었다. 단순한 호기심이라기에는 너무 적극적인 눈빛으로 창가에 빼곡히 달라붙은 사람들에게서 공포감을 느꼈다. 이들이 창문을 두드리며 무언가를 달라고 할 때마다 등골이 오싹했다. 이들로부터 위험을 피하고자 세관 검문소 건물에 최대한 가깝게 차를 댔다.

파나마 검문소를 통과하는 일은 좀비 굴을 헤쳐 나오는 것만큼이나 소름 끼쳤다. 중미에서 그나마 치안이 괜찮다는 코스타리카였지만, 국경의 살벌한 분위기는 다른 중미 지역과 별반 다르지 않았다. 다른 점이 있다면 사람들이 몰려들지 않고, 국경 관리들이 영어를 한다는 정도였다. 코스타리카에 들어가기 위해 우리는 간단한 서류를 작성하고 자동차 보험을 들어야 했다.

그때 저 멀리에서 한 쌍의 여행자가 갈 길을 잃고 서성이고 있었다. 국경에서 출발하는 버스도 끊긴 시간이라 당황한 기색이 역력했다. 안절부절못하던 남자는 자신을 독일에서 온 파비안이라고 소개했다.

내가 중남미를 여행한다고 했을 때 주변 사람들이 위험하다며 한사코 말렸더랬다. 중남미에서는 총기 소유가 자유롭고 마약 조직의 횡포가 극심하다고 들었는데, 그건 사실이었다. 작은 구멍가게에도 손님들이 쉽게 드나들지 못하게 철창을 설치해 놓을 정도였다. 한 파나마 주재원은 우리에게 중미 나라들을 통과하는 것은 자살 행위라고까지 말했다. 이렇듯 중남미 여행자는 늘 위험을 생각하고 이를 대비할 수밖에 없다.

나는 위험을 최소화하기 위한 몇 가지 원칙을 세웠는데, 그중 하나가 가능한 한 일행을 많이 만드는 것이었다. 당시 우리 차에는 함께 여행하던 일행 한 명이 떠나서 나와 또 다른 일행 단둘뿐이었다.

"괜찮다면 저희 버스를 타고 함께 가실래요?"

둘보다는 넷이 함께 움직이는 편이 안전하다고 생각했다. 남자는 내 제안에 잠깐 망설이다가 은수의 몸에 붙은 세계 지도와 많은 낙서를 보고서 경계를 풀었다. 그렇게 우리는 3일간 함께 여행했다.

그 짧은 만남 이후 시간이 제법 흘렀기 때문에 파비안의 이름을 잊고 있었다. 그러나 파비안은 우릴 잊지 않았나 보다. 그는 우리와 헤어진 뒤로도 SNS로 우리 여행 소식을 접하다가, 독일에 도착한 것을 보고 연락해 왔던 것이다.

"오늘 브레멘의 베저강에서 큰 요트 축제가 있어요. 불꽃놀이도 하죠. 정말 잘 오셨습니다."

잠깐 얼굴이나 보고 떠나려던 계획이었는데 하룻밤을 묵기로 변경했다. 독일 맥주와 우리네 족발과 비슷한 쫄깃한 학센을 먹으며 지나온 여행 이야기로 밤을 보냈다. 하늘에 쏘아 올린 불꽃이 강가를 환하게 수놓았다.

"택씨, 차를 저희 아파트로 가지고 가시죠. 집이 좁아서 재워 드리지는 못하지만 배터리도 충전할 수 있고 내일 아침에 샤워할 수도 있어요."

여행하면서 우리가 배터리 충전과 샤워에 늘 곤란을 겪는다는 걸 그는 잘 알고 있었다. 파비안의 배려가 고마웠다.

"제가 앞장서 갈 테니 잘 따라오세요."

파비안의 차를 뒤쫓아 가는데, 갑자기 은수한테 이상한 현상이 나타났다. 실내등이 꺼지더니 이윽고 오디오 램프가 꺼져 버린 것이다. 잠시 뒤에는 좌우 방향 표시등이 작동하지 않았다. 차의 배터리가 빠르게 방전되고 있었다. 이러다간 엔진에 전류 공급이 차단돼 차가 멈춰 설지도 모를 일이었다. 등에 식은땀이 흘렀다. 정차했다가 다시 출발할 때마다 엔진이 힘들게 작동하던 것으로 보아 배터리 계통 고장 같았다. 파비안의 아파트 주차장에 차를 세우자마자 엔진이 꺼졌다. 다시 시동을 걸어 보았으나 은수는 꿈쩍하지 않았다. 참으로 난감한 순간이었지만, 운행 중 정지하지 않은 게 그나마 다행이었다.

남미에는 은수를 고쳐 줄 정비소가 많아 고장이 나도 걱정이 덜

●●● 파비안은 뜻밖에도 세계적인 자동차 회사의 정비사였다.

했는데, 독일에는 버스를 고쳐 줄 현대자동차 정비소가 없었다. 이는 현대자동차가 유럽에 버스를 수출하지 않기 때문이었다. 미국에서 유럽으로 온 지 겨우 이틀 만에 배터리가 방전되어 버리다니. 당장 어찌해야 할지 걱정과 두려움이 앞섰다.

"택씨! 무슨 일이죠?"

어찌할 바를 모르는 내게 파비안이 물었다.

"큰일 났어요. 차 엔진이 꺼졌어요."

사색이 된 내게 파비안이 말했다.

"걱정하지 말아요. 택씨, 제가 고쳐 드릴게요."

"당신이 어떻게요?"

● ● 파비안의 집에서 지내며 함께 음식을 만들기도 했다.

"제 직업이 자동차 정비사거든요."

"당신이 정비사라고요?"

파비안은 자기 장비로 은수를 점검했다. 전기 발전기가 오래되어 고장 났으니, 이 부속을 교체하면 차에 아무 일 없을 거라고 했다. 하지만 한국에서 자동차 부속이 올 때까지 꼼짝없이 브레멘에 머물러야 했다. 한국에서 사흘이면 도착한다던 자동차 부속이 열흘 걸려서야 도착했다. 게다가 이런저런 문제로 독일 세관에 걸려, 결국 차를 고치는 데까지는 12일이나 걸렸다. 그동안 파비안의 집에서 먹고 자는 것도 눈치가 보일 정도였지만, 그는 전혀 귀찮은 내색을 하지 않았다. 오히려 우리가 눈치 볼까 봐 배려하는 마음이 느껴졌다.

여행하면서 여러 번 극적인 순간을 경험했다. 그때마다 마치 잘 짜인 드라마 각본처럼 신기하게도 위기의 순간을 잘 모면하곤 했다. 만약 우리가 브레멘에 오지 않고 곧바로 암스테르담으로 갔다면? 생각만으로도 아찔했다. 예기치 못한 어려움을 만날 때마다 주위를 둘러보면 도와줄 사람이 꼭 나타났다. 한고비씩 넘길 때마다 여행이 더욱 풍성해진다는 걸 마음에 다시 새겼다.

파독 광부와
간호사

이왕 브레멘에 온 거, 우리는 암스테르담으로 가려던 일정을 바꿔 베를린으로 향했다. 그렇지 않아도 독일에서 파독 간호사 어르신들을 꼭 만나 뵙고 싶던 터였다. 몇 해 전, TV에서 독일 어느 마을에서 풍차호텔을 경영하는 정명렬 할머니의 활기찬 모습을 보았다. 그는 간호사를 그만둔 뒤에 제2의 인생을 살면서, 나이란 숫자에 불과하다는 걸 증명했다. 그가 보여 준 열정은 나에게 큰 감동을 주었다. 나는 유럽에 도착하기 전, 미국에서 그에게 편지를 보냈다.

저는 낡은 마을버스를 몰고 세계 여행 중인 임택이라고

합니다. 저는 인생 일모작을 마치고 이모작으로 여행 작가에 도전하고 있습니다. 평생 하고 싶던 일을 지금에 하는 것입니다. 제가 여행 중에 모는 이 차는 동네 뒷골목을 평생 다람쥐 쳇바퀴처럼 돌던 낡은 마을버스입니다. 그리고 저도 이제껏 가정을 먹여 살리느라 제 꿈을 접고 살아왔습니다. 한마디로 인생을 살 만큼 살아온 마을버스와 이제 낡기 시작한 사람이 용기 있게 세계 여행에 도전한 것입니다. 이 여행을 통해 길을 잃고 방황하는 이들에게 힘을 내라는 응원을 보내고 싶습니다. 몇 달 후, 독일에 도착합니다. 정명렬 여사님을 꼭 뵙고, 도전은 나이와 무관하다는 것을 확인하고 이를 많은 사람에게 알리고 싶습니다.

임택 올림

편지를 받으신 정명렬 할머니는 풍차호텔 방문을 환영한다는 답장을 보내왔다. 그는 집안 사정으로 풍차호텔 운영을 곧 그만둘 예정이라고 했다. 호텔을 그만두면서 큰 행사가 있으니, 그날 방문하면 더욱 좋겠다는 의견도 덧붙였다. 은수가 브레멘에서 고장을 일으키는 바람에 안타깝게도 그 일정을 맞추지는 못했다.

나는 아쉬운 심정을 베를린에 거주하는 파독 광부 김진복 형님께 알렸다. SNS로 알게 된 그와 나는 금세 오랜 형제 같은 사이가 되었다. 일흔을 훌쩍 넘긴 그는 여전히 청년과 같은 패기로 넘쳤다. 베를린 한인회장을 지낸 진복 형님의 한국 사랑은 남달라서, 그의 정원은 한국에서 가져온 나무와 소품으로 빼곡했다. 나주에서 가져온 배나무, 상주에서 데려온 사과나무, 성주에서 이곳으로 옮겨진 감나무도 있었다. 형님이 정성껏 가꾼 정원을 거닐다 보면 고향에 대한 애틋한 마음이 전해지고도 남았다.

내가 파독 간호사 어르신들과 광부 어르신들을 뵙고 싶다고 하자, 진복 형님은 파티를 계획했다.

"조만간 파독 간호사하고 광부들 모여서 파티를 할 거니까 이리로 와! 정명렬이도 내 연락했다."

진복 형님은 나를 위해 정기적으로 열던 파티를 앞당겼다고 했다. 이 파티는 형님의 고향인 상주 출신 파독 간호사와 광부 어르신들을 위한 자리였다. 마침 그날이 '독일 통일 25주년'이라서 온 베를린 시내가 떠들썩했다. 통일을 축하하는 폭죽놀이가 많은 사람을 브란덴부르크 광장으로 불러 모았다. 분단된 우리나라를 생각하니 통일된 독일이 부러웠다.

베를린 이곳저곳에 흩어져 사는 상주 출신 어르신들이 한자리에 모였다. 나라가 어려울 때 외화를 벌기 위해 이곳 독일까지 온 분들이다.

● ● 베를린 파독 간호사와 광부 어르신들과의 즐거운 만남.

"우리는 이민이 아니라 가족 부양하러 돈 벌려고 왔지. 언젠가는 돌아가겠다고 말이야."

"인생은 잠깐이야. 어느덧 50년이 흘렀어. '간다, 간다' 하다가 아직도 못 가고 남은 거지."

나는 어르신들을 위해 노래했다. 최희준의 〈하숙생〉과 정지용 시인의 시를 바탕으로 한 〈향수〉를 불렀다. 가사가 생각나지 않을까 봐 미리 휴대폰으로 가사를 검색해 가며 숙소 지하실에서 연습한 뒤였다. 모두 시름을 잊고 파티를 즐겼다. 굵게 훑고 지나간 세월의 흔적이 얼굴에 가득했지만, 이날만큼은 어린 시절 해맑던 때로 되돌아간 듯 순수한 모습이었다.

"우리 모두 다 같이 〈고향의 봄〉을 부릅시다."

백발이 성성한 할머니의 선창으로 〈고향의 봄〉이 울려 퍼졌다. 일흔을 넘긴 동심이 목소리를 더해 갔다. 눈물이 고였다. 함께 여행하는 J는 뜰 한구석에서 아예 목 놓아 울었다. 모두 눈을 감고 머리를 가볍게 흔들며 생각에 잠겼다.

"나의 살던 고향은 꽃 피는 산골. 복숭아꽃, 살구꽃, 아기 진달래……."

꽃과 나무 가득하던 고향이 그리워 정원에 꽃 대궐을 만들어 놓은 진복 형님은 청년 시절 맨몸으로 유라시아를 횡단하고, 중국과 외교 관계가 전무하던 시절에 중국 여행을 한 모험가다. 젊은 시절 그는 틈만 나면 배낭을 꾸렸다고 한다. 지금도 그의 집 지하실에는 수십 년 세월을 간직한 낡은 배낭이 언제라도 떠날 수 있도록 꾸려져 있다. 형님은 마을버스를 타고 세계 여행을 하는 나를 보며 옛날의 자신을 떠올렸다고 했다.

파티가 무르익자 할머니들은 인생 이야기보따리를 하나둘 풀기 시작했다. 학교 선생님이던 김경남 할머니는 아이 셋을 남겨 놓은 채 독일로 왔단다. 형편이 좋아지면 아이들을 데려오겠다던 꿈은 독일 생활 10년이 되어서야 이루어졌다. 다행히 자녀 모두 잘 자라서 지금은 독일에서 남부럽지 않게 산다고 했다.

간호사와 광부라는 직업으로 독일에 왔지만, 모두가 주어진 길로만 살았던 것은 아니다. 대학에서 공부를 마치고 회계사가 된 사람, 사업으로 성공한 사람, 독일에서 일을 마치고 미국으로 건너가 새로운 인생에 도전한 사람 등 많은 이가 저마다의 삶을 선택했다. 같은 토양이라도 열매가 다른 법이니.

이분들을 보고 있자니 우리나라의 외국인 노동자들이 생각났다. 40여 년 전 이분들이 그랬던 것처럼, 우리나라에도 많은 외국인 노동자가 저마다 꿈을 향해 땀을 흘리고 있다. 그 어렵고 힘든 시절을 견디어 내고, 이제는 우리나라가 누군가에게 희망을 주는 땅으로 거듭났다는 사실이 자랑스럽게 느껴졌다.

파티를 마치자 할머니들이 은수를 에워쌌다. 그리고 매직펜을 손에 쥐고는 은수 몸에 이런저런 사연을 적었다. 한 할머니는 은수에게 좋은 이야기를 써 달라고 하는 나의 부탁에 "똥차야, 잘 가그래이!"라고 쓰시기도 했다. 낡은 마을버스가 세계를 여행하는 모습이 놀랍기도 하고 기특하기도 해서 그렇게 썼다고 하셨다.

이때 할머니 몇 분이 종이 플래카드를 들고 나타났다. "어서 오시소. 또 봅시데이."라고 쓴 플래카드가 은수 앞 유리창에 걸렸다. 할머니들은 세계 여러 나라를 돌아 이곳까지 온 은수에게 깊은 애정을 쏟아 주셨다. 오래전 고향을 떠나 이곳에 와야 했던 자기들 처지가 은수와 다르지 않다고 생각했는지도 모른다. 은수의 세계 여행에 또 하나의 이야기가 담겼다.

스위스 국경에서의
재판

    베를린 방문 이후, 체코와 오스트리아를 여행하고 독일로 돌아온 우리의 다음 목적지는 스위스였다. 독일 하이델베르크를 떠나 스위스로 가는 새벽은 유독 맑고 상쾌했다. 날씨도 좋았지만, 아우토반에서 세 번씩이나 시동이 꺼져 위기를 맞았던 은수가 원기를 회복했기 때문이다. 게다가 체코 프라하에서부터 줄곧 함께 여행하던 은영이와 예솔이 말고도 네덜란드에서 온 아들 채욱이와 그 후배 수종이, 민재까지 함께하니 들뜬 마음에 즐거움이 더해졌다.

    은수가 이렇게 고속도로를 후련하게 달려 본 게 얼마 만인가. 이때만 해도 점심은 스위스 인터라켄에서 만년설을 보며 먹을 수 있으리라고 생각했으나(그럼 그렇지!), 이번에도 우리 계획은 스위스 국경에서 무너졌다.

스위스는 유럽공동체 회원국이 아니라서 이 나라에 들어가려면 국경에서 입국 심사를 받아야 한다. 안개가 자욱한 스위스 국경에서 자동 소총으로 무장한 경찰이 은수를 세웠다. 시리아에서 온 난민들로 인해 국경은 어느 때보다 삼엄했다.

"운전면허증과 차량 등록증 그리고 자동차 보험 증서를 보여주세요."

스위스 경찰은 내 여권과 자동차 서류를 받아 들더니 세심하게 살폈다. 지금까지 숱하게 국경을 넘어오며 통과 의례처럼 거친 입국 심사라 별문제 없을 거라고 생각했다. 그런데 한참 뒤 스위스 경찰이 나를 차에서 내리라고 했다.

"당신은 스위스에 들어갈 수 없습니다."

"아니, 왜요? 무슨 문제가 있나요?"

"네, 문제가 아주 많습니다. 먼저 당신은 불법 운전자입니다. 자동차 보험도 하루 지났습니다. 무보험 운전이라는 거죠."

예상하지 못한 일이었다. 보험이야 다시 들면 그만이지만, 불법 운전은 생각지도 못했다.

"당신 차의 서류를 보니 15인승 버스입니다. 그런데 당신의 운전면허로는 8인승 이상을 몰 수 없다고 되어 있습니다. 그러니 불법이죠.”

　나는 여행을 시작한 지 1년이 지나서야 내 국제 운전면허증을 꼼꼼히 들여다봤다. 은수는 15인승 미니버스다. 한국에서는 이 차를 1종 보통 면허만으로도 운전할 수 있다. 나는 국제 운전면허증을 만들면서 외국도 한국과 같으리라고 지레짐작했다. 하지만 국제 운전면허 규정은 달랐다. 8인승 이상의 차를 몰기 위해서는 1종 대형 면허가 필요했다. 이들 입장에서 본다면 나는 불법 운전자가 틀림없었다.

　지난 1년간 많은 경찰을 만났다. 그들은 한결같이 국제 운전면허증을 보여 달라고 했고, 그때마다 무사히 지나왔다. 그러니 운전면허에 문제가 있다는 생각을 한 번도 해 보지 않은 것이다. 정말 난감한 문제에 봉착했다. 게다가 스위스의 벌금은 악명 높다. 나는 어찌할 바를 몰라 베를린에 있는 진복 형님께 전화를 걸어 사정을 설명했다.

　“뭐? 스위스 경찰이라고? 야! 스위스 벌금은 독일의 10배야, 10배! 이거 큰일인데? 게다가 무면허 운전은 벌금이 아주 높아.”

　헉! 벌금이 10배라고? 그러고 보니 얼마 전 읽은 스위스 여행기가 생각났다. 스위스에서는 주차 위반으로 수십만 원의 벌금을 내야 한다는 글이었다. 그 순간 한 가지 꾀가 머리를 스쳤다.

　“경찰님, 저를 독일 경찰에게 넘겨 주세요. 여긴 독일 땅이고 제가 불법을 저지른 곳도 독일이니까, 독일에서 조사를 받아야 맞지 않나요?"

나는 스위스 땅에 있지만, 차는 몇 미터 간격을 두고 아직 독일 땅에 서 있었다. 내가 위반을 한 것은 독일에서이고 벌금을 내야 할 곳도 독일이다. 스위스 경찰도 내 말이 옳다며 나를 독일 경찰에게 인계하겠다고 했다. 일단 스위스의 법망을 벗어난 것은 다행이었다. 곧 독일 경찰이 도착했다. 그들이 지적하는 사항은 스위스 경찰과 같았다. 우리는 무면허, 무보험이라는 죄목을 가지고 있었다.

'이 위기를 빠져나갈 묘책이 없을까?'

경찰의 심문이 시작됐다.

"당신의 보험이 하루 전에 만료됐습니다. 인정하시나요?"

"예, 인정합니다."

네덜란드에서 유학 중인 아들 채욱이와 수종이의 통역으로 심문이 이어졌다.

"형님, 급하게 대답하지 마시고 잘 생각해서 천천히 얘기하세요. 경찰 심문이 끝나면 아마 현장 재판을 할 거예요. 하는 말이 다 증거가 됩니다."

J가 침착하라며 심호흡을 권했다. 무보험은 인정했지만, 무면허는 신중해야 할 사안이었다. 갑자기 묘안이 떠올랐다. 독일 브

레머하펜에서 은수를 통관할 때, 그곳 경찰이 운전면허증을 요구했으나 아무런 문제가 없다며 통관 도장을 찍어 준 게 떠올랐다. 나는 왜 그때 경찰이 지적하지 않았느냐고 물고 늘어졌다.

"따지고 보면 저도 피해자입니다. 그때 그 경찰이 지적만 해 주었어도 제가 운전면허를 다시 따서 문제가 없었을 것 아닙니까? 여기에 도장을 찍어 준 독일 경찰도 잘못입니다."

나의 잘못에 독일 경찰을 공범으로 끌어들였다. 심문이 끝나자 경찰은 판사에게 전화를 걸어 약식 재판을 진행했다.

"결정 났습니다. 무보험은 과태료가 150유로입니다. 그러나 무면허는 경찰의 잘못을 인정해서 무혐의로 하겠습니다."

작전이 통했다.

"하지만 지금부터 당신은 이 버스를 운전할 수 없습니다. 차는 여기 세워 두고 운전이 가능한 사람을 찾아서 차를 가져가시기를 바랍니다."

벌금을 수령한 경찰은 이 말만 남기고 현장을 떠났다. 은수는 스위스와 독일 사이에 다시 갇혀 버렸다. 위기는 넘겼지만 꼼짝 못 하는 신세가 된 것이다. 마침 토요일이라 운전자를 구하는 것도 쉽지 않았다. 진복 형님도 방법이 없어서 난감해했다. 월요일이 되어야 대신 운전해 줄 사람을 구할 수 있다고 했다. 길에서 월요일까지 기다려야 할 처지였다. 우리는 국경 근처에 있는 카페에 모여 앉아 무료한 시간을 보냈다. 몇 시간이 흘렀을까? 차 안에 둔 옷을 가지러 가는데, 우리 차가 통행을 막고 서 있어서 국경 직원들이 애를 먹는 게 보였다. 나는 차를 한적한 곳에 세워 두는 게 좋겠다고 생각했다.

"저, 이 차를 저쪽 카페 앞으로 가져가도 될까요?"

"아! 이 차 주인이십니까? 스위스로 들어갈 차인가요?"

"아니요. 우리 차는 독일로 다시 돌아가야 합니다."

"그럼, 얼른 가지고 가세요. 여기다 세워 놓으면 안 됩니다."

"네? 가지고 가도 되나요?"

"무슨 문제 있나요?"

국경 경찰이 근무를 교대하며 아무런 인수인계도 받지 못한 모양이었다. 영문 모르는 경찰은 맞은편으로 돌아 나가라며, 마주오는 차들을 막아 주기까지 했다. 경찰의 도움으로 유턴하여 카페로 돌아왔다.

"얘들아, 빨리 타. 경찰이 가도 된다고 한다."

아이들이 우르르 몰려나왔다. 어찌나 급히 도망쳤는지, 어디로 가고 있는지도 몰랐다. 한숨 돌리고 나니 프랑스를 넘고 있었다.

몰랐다면 모를까 무면허 운전이라는 사실을 알게 된 이상, 운전을 계속할 수는 없었다. 우리에게 필요한 1종 대형 면허를 취득하기 위해 서둘러 귀국길에 올랐다. 큰 버스를 몰아야 하는 대형 면허 시험은 꽤 어려워서 몇 개월이 걸려도 못 따는 사람이 많다고 들었다. 하지만 '필요는 능력을 재촉하는 회초리'가 분명했다. 나는 귀국한 지 불과 5일 만에 대형 면허를 취득하는 데 성공했다. 그리고 8일 만에 독일로 돌아와 여행을 계속할 수 있었다.

한류가 맺어 준
인연

"저희 집에서 주무세요. 부모님께서 허락하셨어요."

"네? 진짜 부모님이 허락하셨다고요?"

모로코는 이슬람 국가다. 지금은 스페인과 프랑스의 영향으로 서구 문화가 많이 들어왔지만, 엄격한 이슬람 문화권에 있는 것이다. 이런 나라에서 20대 여자들만 사는 집에 남자 셋을 들이는 일은 모험일 수 있다. 내가 여권을 차에 두고 오는 바람에 생긴 뜻하지 않은 일이었다.

나는 여행하는 동안 '무엇을 볼까' 하는 생각보다 '누구를 만날까' 하는 생각이 앞선다. 내 여행의 관심사는 늘 '사람'이다. 나는 모로코 여행 전부터 이곳 친구를 여럿 사귀었다. 이미 그곳을 여행한 사람에게 소개받기도 하고, 새로운 친구가 직접 우리에게 연락하기도 했다. 친구를 찾을 때 SNS는 유용한 도구가 되어 주었다. 모로코에 오기 전부터 반년 가까이 이곳 친구들과 소통하며 친해졌다. 모로코의 수도 라바트Rabat에 사는 우마이마와 카울라 자매도 그렇게 만났다.

자매와 만나 즐거운 저녁 식사를 마치고 우마이마가 예약해 준 호텔로 갔다. 그런데 깜박하고 여권을 차에 두고 온 게 아닌가. 모로코를 여행할 당시, 프랑스에서 큰 테러가 일어났다. 테러범 중 한 명이 모로코로 숨어들었다고 해서 온 나라가 발칵 뒤집혔다. 호텔 지배인은 여권이 없으면 숙박이 곤란하다며 한사코 방을 내주지 않았다. 그렇다고 여권을 가져올 수도 없는 상황이었다. 차는 호텔로부터 멀리 떨어진 도시 외곽의 어느 회사 주차장에 있었으니까. 모두 퇴근한 터라 주차장 안으로 들어갈 수도 없었다. 다른 호텔을 찾아갔으나 사정은 다르지 않았다.

우마이마가 어디론가 열심히 전화하기 시작했다. 우마이마와 카울라는 모로코 북부에 위치한 테투안Tetouan에서 이곳 라바트로 유학 온 자매였다. 아버지에게 전화를 걸어 우리의 딱한 사정을 이야기하는 모양이었다. 남녀 구별이 엄격한 이슬람 국가에서 여자들만 사는 자취 집에 남자를 들이겠다며 부모 허락을 받는 것이었다. 놀랍게도 우마이마의 부모님은 우리가 딸들이 자취하는 집에 머물 수 있도록 허락했다.

우마이마와 카울라는 한류 문화에 푹 빠져 있었다. 한국을 방문해서 서예를 배우고 전통 공예품을 수집하는 등 한국 사랑이 대단했다. 집에는 김, 고춧가루, 고추장 같은 한식 재료도 갖춰 놓았다. 가끔 떡볶이를 해 먹거나 김치를 만들어 먹는다고 자랑했다.

하루는 시내를 관광하는 중에 지나가던 청년들이 우리를 향해 "치노Chino(중국인을 비하하는 말)!"라고 외쳤다. 이 말을 들은 우마이마가 그들을 쫓아가서 "저분들은 한국 사람이란 말이야! 알겠어?!"라며 잘못을 바로잡아 주기도 했다. 한국 친구들을 모욕하는 건 자기에 대한 모욕이라고 생각하는 것만 같았다.

"우마이마, 오늘 내가 한국 요리를 해 줄까? 내가 불고기를 좀 만들 줄 아는데."

나의 제안에 우마이마는 좋아하며 모로코 전통 음식인 '따진'을 해 주겠다고 응수했다. 따진은 음식을 만드는 도자기 그릇을 일컫는데, 우리나라의 신선로를 떠올리면 된다. 여기에 음식 재료의 이름을 붙이면 '소고기 따진', '양고기 따진'이 된다. 다행히 불고기에 필요한 모든 재료를 가까운 시장에서 구할 수 있었다.

"아버지."

갑자기 우마이마가 나를 아버지라고 불렀다.

"아버지는 요리사인가 봐요. 음식이 아주 맛있어요."

● ● 우마이마(위)와 카울라(중간). 그들은 떠나는 나에게 선물을 주었다(아래).

중국 간장을 사용하느라 간을 제대로 맞추지 못했는데도, 우마이마는 짠 불고기를 맛있게 먹어 주었다. 한국 것이라면 뭐든 긍정적으로 대해 주는 이들을 보니, '한류'를 널리 알려 준 연예인들이 애국자라는 생각이 들었다.

"저는 한국이 참 좋아요. 한국말도 좋고 한국 노래도, 드라마도 다 좋아요. 제 꿈은 한국에 가서 공부하는 거예요. 지금 돈을 모으고 있어요. 2년 후에는 한국에 꼭 갈 거예요."

IT 회사에서 일하는 우마이마가 돈을 버는 이유는 오직 하나, 한국에 가기 위해서라고 했다. 우마이마의 진지한 눈빛은 이 말이 결코 과장이 아니라는 걸 말해 주었다.

우마이마의 동생 카울라는 의대를 다니는 우수한 학생이었다. 그런데 그녀의 이름은 미세한 발음 차이로도 다른 의미가 되어 버리곤 했다.

"카울라."

내가 카울라를 부르자 폭소가 터졌다. 그녀의 이름을 부를 때는 목에 가래가 끓는 식으로 발음해야 한단다. 그러지 않으면 '사팔뜨기'라는 의미가 된다는 것이다. 우리는 "크으아울라."라고 부르며 배꼽을 잡고 웃었다.

떠나는 날 우마이마는 나와 일행에게 모로코의 전통 모자와 도자기를 선물했다. 언제 준비했는지 도자기에는 나의 이름까지 새

겨져 있었다. 이제 헤어지면 언제 다시 만날지 기약하기 어려웠지만, 우리는 곧 다시 만나자고 인사했다. 두 자매 덕분에 생소하고 낯설던 모로코가 언제라도 다시 찾고 싶은 또 하나의 고향이 되었다.

낙타와 알팔파의
공생

사하라Sahara는 아프리카 북부의 이집트 동쪽에서 시작해서 대륙 서쪽 끝의 모로코에 이르는 거대한 사막이다. '사하라'는 '건조한 땅'이라는 뜻으로, 그 자체로 사막의 의미를 지닌다. 사막에도 오아시스라는 물구덩이가 있어 사람이 살 수는 있지만, 사막 전체를 놓고 보면 오아시스가 아주 미미한 수준으로 분포하기에 웬만한 생물은 살기 어렵다.

우리 계획은 모로코에서 알제리로 들어간 다음, 튀니지를 거쳐 이탈리아 시칠리아섬으로 넘어가는 것이었다. 그런데 모로코에 도착해 보니 모로코와 알제리의 관계가 좋지 않았다. 지도만 놓고 보면 우지다Oujda라는 국경 도시를 통해 알제리로 들어갈 수 있었지만, 실제로는 사람만 왕래할 뿐 차량 통행이 허용되지 않았다. 북아프리카 여행이 어렵게 되자 할 수 없이 모로코 여행을 길게 하는 것으로 계획을 수정했다.

우리는 모래사막을 만날 수 있다는 메르주가Merzouga라는 지역으로 향했다. 메르주가는 모로코와 알제리 국경 근처에 있는 사막 도시다. 동네 뒷골목을 뱅글뱅글 돌며 평생을 살아온 은수가 사하라를 질주한다니. 은수가 모래언덕 사이를 뚫고 달리는 모습을 상상하니 가슴이 떨려 왔다.

메르주가에 도착한 첫날, 그곳에는 이미 한국에서 온 청년들이 있었다. 다른 청년처럼 이들도 은수를 보자 환호했다. 여행을 좋아하는 청년들에게 은수는 이미 꽤 알려진 듯했다. 나는 이들을 태우고 알제리 국경 쪽으로 더 깊숙이 들어갔다. 청년들은 은수와 함께하는 색다른 여행에 기쁨을 감추지 못하고, 은수와 찍은 사진을 SNS에 업로드하곤 했다. 나는 은수를 잠시 혼자 두고, 청년들과 며칠간 사막을 여행하기로 했다.(안타깝게도 은수는 모래사막을 달릴 수 없었다.)

사막 여행에 앞서 나는 '별·모래·바람'이라는 여행 주제를 정하여 여행에 의미를 더하기로 했다. 첫날은 사막의 주인 베르베르Berber 부족 사람들이 만들어 놓은 캠프에서 밤을 보냈다. 구름 한 점 없는 사막의 밤하늘에 별들이 쏟아질 것만 같은 장관을 연출

●● 끝없는 사막은 인간을 한없이 작은 존재로 느끼게 만들었다.

했다. 바람이 만들어 놓은 모래언덕에 올라 바라본 끝없는 사막은 인간을 한없이 작은 존재로 느끼게 했다.

사막 투어 중 내내 우리를 태워 준 낙타는 걸어가면서 연신 똥을 누곤 했다. 낙타 몰이꾼들은 동글동글한 이 똥을 '카멜 초콜릿'이라고 했다. 초콜릿처럼 짙은 갈색을 띠고 있어서 붙여진 이름이다. 낙타는 한 번에 많은 양의 똥을 누지 않고, 걸어가면서 수시로 눴다. 그렇게 낙타 몸에서 떨어진 똥은 사막 여기저기에 흩뿌려졌다.

모래 위에 떨어진 똥이 모래언덕 경사면을 따라 아래로 떼구루루 굴러갔다. 물기 때문에 모래 입자가 들러붙을 줄 알았는데, 낙타 똥에는 아무것도 붙지 않았다. 작은 바람에도 힘없이 굴러가는 낙타 똥을 보자 호기심이 발동했다. 손바닥 위에 방금 싼 낙타 똥을 올려 보았다. 어찌 된 일인지 막 튀겨 놓은 팝콘처럼 메마르고 가벼웠다. 때마침 실바람이 불어와 똥을 모래 구덩이 속으로 밀어 넣었다.

구덩이를 들여다보니 그 안에는 낙타 똥이 가득 쌓여 있고, 신기하게도 풀이 자라고 있었다. 그러고 보니 낙타가 즐겨 먹는 풀이 사막 여기저기에 고르게 퍼져 서식하고 있었다. 베르베르인들은 사막 어디서나 흔히 볼 수 있는 이 풀을 '알팔파'라고 했다. 낙

● ● 낙타를 타고 사하라 사막를 여행하는 투어에서.

타는 잠시 쉴 때면 이리저리 돌아다니며 알팔파를 뜯어 먹느라 분주했다.

바늘처럼 가늘고 긴 줄기를 지닌 알팔파는 사막의 큰 일교차를 이용해서 이슬을 만든 다음 뿌리로 흘려보내 생명을 이어 갔다. 일반적으로 한데 모여 자라는 다른 식물과는 달리, 알팔파는 일정한 간격을 두고 사막 위에 골고루 퍼져 서식했다. 물이 부족한 사막에서 잎이 무성한 식물은 살아남는 데 어려움이 많을 수밖에 없다. 알팔파 역시 낙타가 뜯어 먹지 않았다면 잎이 무성해져 생존에 불리해졌을 것이다.(실제로 잎이 무성한 알팔파는 푸른빛을 잃고 메말라 갔다.)

알팔파가 물이 많은 어느 한 장소에만 모여 자랐다면 어땠을까? 낙타를 타고 여행하는 사람들은 낙타가 먹을 식량까지 잔뜩 짊어지고 여행해야 했을 것이다. 그러고 보면 낙타가 자기 똥을 가볍게 만들어, 이를 바람에 실어 알팔파에게 도시락을 배달하는 것인지도 모른다.

여행 초반, 아르헨티나의 팜파스를 가로지를 때의 일이 떠올랐다. 한낮의 태양은 금방이라도 대지를 태워 버릴 듯 이글거렸다. 그때 초원 저 멀리에서 한 쌍의 젊은 커플이 보였다. 그들은 발을 동동 구르며 강렬한 몸짓으로 도움을 청하고 있었다. 내가 차를 세우자 이들은 쓰러지듯 안으로 기어들어 왔다. 얼마나 오랫동안 서 있었는지 얼굴이 벌겋게 달아올라 술에 취한 사람처럼 보였다. 우리 목적지가 바릴로체Bariloche라고 하자 이들은 두 손을 번쩍 들며 환호했다.

"세상에, 이런 우연이! 저희도 지금 바릴로체로 가던 중입니다."

못해도 이틀은 가야 하는 먼 거리였기에, 이들이 우리를 만난 건 행운이었다. 스페인과 아르헨티나 출신의 두 사람은 영어와 스페인어를 잘하는 명랑한 청년들이었다. 비록 그들은 우리에게 얹혀 여행했으나, 오히려 우리가 이들에게 여러 가지 도움을 받았다. 길을 가다가 경찰에 잡혀 큰 낭패를 당할 뻔한 순간에 이 청년들 덕분에 위기를 모면하기도 했다. 무엇보다 팜파스 가는 길은 무척 복잡해서 길을 한번 잘못 들면 되돌아오는 데만 몇 시간이 걸리는데, 그때마다 길잡이 역할을 해 주었다. 그들은 바릴로체에 관한 유익한 정보와 팁도 알려 주었다.

팜파스에서 두 청년이 간절하게 우리에게 도움을 청했을 때 다행히 우리 버스에는 빈자리가 많았다. 두 자리를 내준다고 연료가 크게 드는 것도 아니었다. 그저 남는 자리를 주었을 뿐이다. 반면 우리는 현지에 관한 정보와 언어 소통 능력이 부족했는데, 이런 부분은 두 청년에게 넘치는 것이었다. 저마다 넘치는 것을 조금씩 주고받은 덕분에 서로에게 부족한 것을 메울 수 있었다.

여행하다 보면 내게는 쓰임이 크지 않는 게 누군가에게는 귀하게 쓰이는 경우가 종종 있다. 이런 공생이야말로 여행을 더 풍부하게 해 주는 경험이다. 낙타와 사막의 메마른 풀 알팔파의 관계처럼 말이다.

고난은
기회를 실은 수레

로마에서 도둑을 맞았다. 잠깐 방심한 사이에 도둑이 차 문을 강제로 열고 가방 5개를 훔쳐 달아난 것이다. 로마에서 도난이나 강도를 당했다는 사례는 온라인 게시판이나 SNS에도 차고 넘친다. 그러다 보니 다른 어느 곳보다 로마에서는 안전에 신경 썼다.

"로마에는 도둑이 많으니, 웬만하면 중요한 짐은 모두 짊어지고 다니자."

우리는 여행 짐을 분산해 차 안 여러 곳에 나눠 보관했다. 나 또한 외장 하드를 작은 가방에 넣어 개인 짐칸에 따로 넣어 두고, 노트북과 카메라도 각기 다른 가방에 넣어 한 번에 결정타를 맞지 않도록 대비해 왔다. 이렇게 흩어서 보관하던 물건을 로마에서는

●● 도둑이 부순 유리를 종이 박스로 막고 있다.

몇 개의 가방에 모아서 일일이 짊어지고 다녔다. 이 방법은 효과가 있는 듯했다.

로마에서의 첫날, 이른 아침 게스트하우스 주인이 숙소 앞에 세워 둔 은수의 유리창이 깨져 있다고 하여 살펴보니 누군가 운전석 유리창을 박살 내 버렸다. 다행히 짐을 모두 숙소로 옮겨 놓아 큰 피해를 보지는 않았다. 깨진 유리창은 중국제 종이 박스로 대신했다.

"로마에서 액땜했어. 이만하기 다행이지."

유리창은 깨졌으나 짐은 아무것도 잃지 않았으니 다행이라고 생각했다. 그러나 한 외국인 투숙객이 곧 큰 도둑이 들지 모른다면서 주의를 주었다.

"안 좋은 징조인데요? 누가 유리창을 깨면 곧 큰 도난이 뒤따른다고 하던데……."

도둑이 유리창을 깬 건 차 안에 무언가 값나가는 물건이 있다고 확신해서다. 하지만 정작 아무것도 없었으니 도둑도 실망이 컸을 것이다. 다시 도둑질을 시도해 볼 수 있을 것이다.

로마에서 보내는 마지막 밤, 게스트하우스에 묵고 있는 젊은이들이 은수를 꼭 한번 타 보고 싶다고 했다. 하도 간절히 원하기에 다음 날 아침, 은수에 태워 로마 시내를 한 바퀴 돌았다. 콜로세움 앞에 차를 세우자, 한국 관광객이 몰려들었다. 사람들은 은수와 함께 기념사진을 찍느라 바빴다.

원래는 아침 일찍 로마를 떠나 이탈리아의 남쪽 도시인 나폴리로 떠나려 했는데 이미 점심때가 훌쩍 지나 있었다. 마침 시장기를 느낀 내가 사람들에게 말했다.

"출출한데 점심으로 피자나 한 판 먹고 가자. 로마는 역시 피자 아니겠어?"

"배도 고픈데 좋습니다."

로마 테르미니역 근처에 있는 한적한 피자집에 차를 세웠다. 사람이 많은 곳보다는 인적 드문 곳이 도둑을 감시하기 좋다고 판단했다.

　그러나 정말이지 '눈 깜짝할 사이'라고 했던가. 피자를 먹으면서 수시로 차를 살폈는데도 어느 틈엔가 도둑이 들었다. 우리가 피자를 먹는 사이, 도둑이 출입문을 뜯고 로마에서 잃어버리지 않으려고 내내 짊어지고 다니던 배낭 다섯 개를 몽땅 가져가 버렸다. 도둑은 첫 시도가 실패로 돌아간 이후에 줄곧 우리 차를 따라다니며 기회를 엿본 게 아닌가 싶다. 큰 출입문을 뜯어내려면 전문 장비를 미리 준비하지 않고서는 어렵기 때문이다.

　동료 J는 남미에서도 한 차례 도둑맞았는데 또 당하자 얼굴이 사색이 되었다. 나 또한 컴퓨터와 작은 카메라, 외장 하드를 전부 잃어버렸다. 유럽과 모로코에서 찍은 사진을 모두 날렸다. 여행 내내 기록해 둔 글을 외장 하드와 노트북 두 군데에 따로 저장해 놓았는데, 이 두 개를 한꺼번에 잃어버린 건 더욱 안타까운 일이었다. 1년의 여행 기록이 모두 사라졌다.

　"아버지."

　스페인 발렌시아에서 만나 함께 여행하고 있던 아들 채욱이가 망연자실한 나를 위로했다.

　"아버지, 다행히 은수는 그대로 있잖아요? 다친 사람도 없고요. 여행하는 데 필요하고 가장 중요한 것은 모두 남아 있으니 힘내세요."

피자값을 지불하기 위해 가져간 작은 손가방을 잃어버리지 않은 게 그나마 다행이었다. 나폴리로 떠나려던 계획을 접고 로마에서 묵던 게스트하우스로 돌아왔다. 고맙게도 게스트하우스 주인이 딱한 우리 처지를 알고 공짜로 묵게 해 주었다. 함께 로마 시내를 관광하던 청년들이 미안한 기색을 숨기지 못했다.

"아부지, 정말 죄송합니다. 저희 때문에……."

"하하하! 아냐. 여행하다 보면 별일 다 있는걸. 이런 건 아무것도 아니라고. 차를 잃어버리거나 사람이 다쳤다면 얼마나 힘들어졌겠어. 이건 정말 다행이라니까. 그러니 걱정하지도, 미안해하지도 말고 우리 맥주나 한잔하자."

나는 일부러 대범한 척하며 호탕한 웃음을 지었다.

그런데 참 이상한 일이었다. 귀중한 물건들을 잃어버려 여행에 큰 타격을 줄 거라 생각했는데, 시간이 지날수록 마음이 홀가분해졌다. 잃어버린 물건들은 여행하는 데 실제로 아무 영향도 끼치지 않았다. 오히려 그동안 우리가 생각보다 많은 짐을 가지고 다녔다는 생각이 들었다.

여전히 우리에게는 많은 장비가 남아 있었다. 카메라도 3대나 있었고, 여러 개의 메모리 카드로도 부족해 외장 하드도 2개나 있었다. 음식점에 들고 간 휴대전화와 메인 카메라, 지갑도 아직 우리 손에 있었다. 여행이 중단될 이유는 하나도 없었다.

한순간 많은 걸 잃어버리긴 했으나, 동시에 소중한 것을 얻었다는 생각이 들었다. 도둑맞았다는 소식이 페이스북을 통해 알려지자 많은 사람의 격려가 이어졌다. 유럽과 아프리카를 함께 여행한 '여행이 낳은 아들과 딸'들이 자기가 찍었던 우리 사진을 메일로 보내왔다. 혼자만 움켜쥐던 것이 내 손을 떠나자 더 많은 것이 쥐어졌다.

살다 보면 눈앞에 보이는 작은 숲에 갇혀 정작 뒤에 있는 큰 산을 보지 못하는 경우가 있다. 로마에서 도둑맞아 잠시 휘청거리긴 했지만, 정신을 차리고 보니 잃은 것 이상으로 더 많은 것을 얻었다. 이 일을 통해서 고난이라는 수레에는 시련만 담긴 게 아니라는 사실, 새로운 기회가 함께 따른다는 것을 배웠다.

아버지와
아들

"어! 돈이 이것밖에 없네."

"아빠, 괜찮아요."

지갑을 여니 50유로짜리 지폐 1장만 달랑 있었다. 아들은 가난한 아버지가 주는 돈을 한사코 뿌리치다가, 마지못해 두 손으로 받았다. 돈을 받는 게 아버지 마음을 편하게 하는 거라 생각한 모양이다.

17일간 마을버스를 타고 함께 여행한 아들 채욱이가 새벽에 네덜란드로 떠나기로 한 날이었다. 아들과 스페인 발렌시아에서 만나 바르셀로나와 프로방스 지방을 함께 둘러보고 모나코를 여행했다. 로마와 베로나를 거쳐 이곳 베네치아까지도 줄곧 함께했다.

바깥 날씨가 춥다며 한사코 나오지 말라는 아들을 굳이 따라나섰다. 버스 정류장까지 족히 20분은 걸어야 했지만 함께 걷고 싶었다. 운동도 할 겸 배웅하겠다고 주섬주섬 옷을 입는 나를 지켜보는 아들도 싫지 않은 듯했다.

캠핑장을 나서자, 아직 치열하게 저항하는 어둠이 서쪽으로 밀려나고 있었다. 동쪽 산기슭에 걸린 검붉은 구름 사이로 태양이 무섭게 달려오니 그럴 수밖에. 베네치아의 새벽이 열리고 있었다. 왼쪽 길로 돌아서니 살얼음 물웅덩이가 길을 막고 섰다.

'벌써 얼음이 얼다니.'

마음이 바빠졌다. 나오는 한숨을 조용히 삼켰다.

"아버지, 그냥 들어가세요. 추워요. 저 혼자서도 갈 수 있어요."

얼음 웅덩이를 보고 동유럽 추위가 걱정되어 내쉰 한숨을 들은 모양이다. 아들은 자꾸 들어가라고 하면서도 내 어깨에 올려놓은 팔을 풀지 않았다. 내내 그렇게 걸었다. 친구처럼.

지하도를 지나 밖으로 나오니 넓은 잔디밭이 나왔다. 잔디밭에 둘러쳐 놓은 울타리를 따라 나뭇잎들이 실바람에 춤추었다. 잎사귀에 맺힌 얼음 방울들이 가로등 빛을 받아 더욱 반짝였다. 아름답고 영롱한 새벽이었다.

아들은 모퉁이를 돌 때마다 나를 돌려세우고는 돌아갈 길을 상기시켰다.

● ● 피사의 사탑 앞에 있는 아들 채욱이.

"아버지, 저기 노란 지붕 집 보이시죠? 거기에서 오른쪽으로 도는 거예요. 꼭 기억해 두세요."

이야기에 열중인 아버지가 혹시라도 돌아갈 길을 잃을까 봐 걱정스러운 모양이었다. 모퉁이를 돌아 방향이 바뀔 때마다 그곳의 대표적인 특징을 내게 각인시켜 주려고 애썼다. 훌쩍 커 버린 아들이 아버지를 걱정하고 있었다.

"나도 다 알아. 걱정하지 마."

말은 그렇게 했지만 뒤돌아보면 낯선 길을 지나온 느낌이었다. 버스 정류장에 도착하니 우리 둘뿐이었다. 이른 아침이라 그런지 차를 타려는 사람이 없었다. 차가 오려면 시간이 좀 남았다. 우리는 어느 집 낮은 담벼락에 걸터앉아 도란도란 이야기에 빠졌다.

아버지는 아들이 공항을 잘 찾아갈지 걱정이었고, 아들은 추운 겨울이 움켜쥔 동유럽의 거친 날씨를 아버지가 버텨 낼지 걱정이었다. 바람이 숭숭 들어오는 낡은 마을버스를 타고 추운 동토로 가는 아버지가 퍽 걱정스러웠던 거다.

아들은 이 나라 저 나라를 지나며 숱한 역경을 헤치고 여기까지 온 아버지에게 뭐라 말하기 힘든 모양새였다. 그동안에도 싸늘한 날이 있었지만, 잠자는 데 어려울 정도는 아니었다. 하지만 상황이 달라졌다. 뚝 떨어진 기온이 길가 웅덩이마저 얼어붙게 했다. 낭만을 이야기할 때가 아니었다. 영하 20도를 넘나드는 중앙아시아로 가야 하는 아버지 때문에 아들의 걱정이 한 보따리가 되었다.

"아버지, 이번 여행은 최고였어요. 상상도 못 한 여행이었고, 평생 잊지 못할 것들을 느꼈어요."

말수 적은 아들의 갑작스러운 고백에 심장이 멎는 듯했다. 17일 전 스페인 발렌시아역 광장에서 은수를 발견한 아들이 반갑게 뛰어오던 모습이 생각났다. 반갑고 흥분되던 마음을 말로 표현할 수 없었다.

아들 채욱이도 그랬을 거다. 얼마만의 부자 상봉이던가. 발렌시아 대로를 향해 달려오는 녹색 마을버스 은수를 타고 동화 속 모험하는 소년처럼 아버지가 오고 있었을 테니.

우리는 함께 바르셀로나에서 크리스마스를 보냈고, 프랑스 프로방스 지방을 가로지르며 환호했다. 꼬마 왕국 모나코에서 함께 노래하고, 피사와 피렌체를 발맞춰 거닐며 추억을 만들었다. 고속도로 휴게소에서 밥을 지어 먹으며 잠도 함께 잤다. 베로나에서 현지 젊은이들과 만찬을 즐기기도 했다.

"아버지, 이번 여행에서 저는 아버지의 다른 모습을 보았어요. 저는 그냥 아버지니까 좋아하고 사랑했는데요, 정말 멋진 아버지를 보았어요."

30살 이상 차이 나는 청년과도 허물없이 지내고, 서툰 영어에도 당황하지 않는 아버지의 모습을 보며 느낀 점이 있었나 보다.

"아버지에게서 많은 것을 배웠고, 이 여행이 제 인생의 전환점이 된 것 같아요."

새벽이 되면 평상시보다 감성이 풍부해지곤 한다. 간혹 새벽 기도를 하다가 울적해지기도 하는 난 딱 그런 마음이 들었다. 감동이 밀려와 눈물이 맺혔다. 찬 바람이 불자 눈이 깨질 듯 차가워졌다. 아들이 무슨 말을 더했지만 귀에 들어오지 않았다.

"아버지, 이제 동유럽은 무척 추울 거예요. 항상 목도리 하시고, 잘 드시고 다니세요."

"응, 너도 남은 공부 잘 마치고, 서울에서 건강하게 만나자."

아들이 자리에서 일어났다.

"아버지, 차 와요. 그리고 이거 넣어 두세요."

어제 버스 탈 때 잔돈이 없다며 가져간 20유로짜리 지폐를 도로 내 손에 쥐여 주었다.

'받아야 네 마음이 놓이겠지.'

아들이 손에 쥐여 준 돈을 호주머니에 찔러 넣었다. 아들은 허리가 긴 버스를 타고 네덜란드로 떠났다. 버스가 멀리 사라질 때까지 한참을 그 자리에 서 있었다. 평생 다시 돌아오지 않을 것만 같은 그 순간을 기억하기 위해.

아들이 간간이 일러 준 덕인지 캠핑장으로 돌아오는 길은 어렵지 않았다.

　　공항에 도착했어요.

한 시간 후, 기다리던 메시지가 날아왔다. 나는 비로소 다시 잠을 청했다.

아부지라
불러 다오

　마을버스로 세계 여행을 하면서 이렇게 많은 청년과 함께하리라고는 예상치 못했다. 중남미를 돌고 미국 뉴욕에 도착하자 많은 사람이 은수에게 관심을 가졌다. 낡은 마을버스가 여러 어려움을 이기며 세계를 여행하는 모습이 감동을 준 모양이다.

　은수와 나의 여행을 격려하는 글이 SNS에 쇄도했고, 이런 글을 쓴 대부분은 20대 청년이었다. 애초 이 여행은 제2의 인생을 준비하는 5060세대에게 용기를 주려는 목적에서 시작한 것인데, 정작 20대 청년이 더 관심을 가져 주니 신기했다.

　나는 그들을 '여행이 낳은 자식들'이라고 불렀다. 그리고 이들에게 나를 '아버지'가 아닌 '아부지'라고 부르도록 했다.(낳아 주고

● ● 여행이 낳은 아들과 딸, 그리고 친구들.

길러 준 아버지와 구별하기 위해서였다.)

　여행이 낳은 첫 번째 아들은 페루의 이카에서 만났다. 이카는 와카치나라는 오아시스가 있는 마을이다. 어스름한 저녁에 그곳에 도착하자 청년 셋이 은수를 보고 소리 지르며 달려왔다. 정작 나의 관심을 끈 것은 그들의 차림새였다. 모두 한복을 입고 있었다. 한 친구는 도포 차림에 큰 갓까지 쓰고 있었는데 버스에 오를 때도 구겨질까 봐 조심하곤 했다.

　"근데 너희, 무슨 짐이 이렇게 무겁냐?"

　"저는 이것저것 쓸데없는 것을 많이 가져와서 무거워요. 하하!"

　큰 갓을 쓴 친구가 대답했다.

　"인마, 진짜로 무거운 건 네 욕심이야. 욕심을 버려야 해, 너는."

　옆 친구가 끼어들며 말했다.

　오래 여행하다 보면 친구와 마음이 맞지 않는 경우도 종종 생기기 마련인데, 이들도 적지 않은 갈등을 겪는 듯했다. 그즈음 나 역시 일행과 이런저런 갈등을 안고 있었다. 출구를 찾지 못해 괴로워하던 차에 욕심을 버리라는 청년의 말이 가슴에 꽂혔다. 청년들은 몰랐을 거다. 무심코 뱉은 한마디가 이후 나의 여행을 몰라보게 바꿔 놓았다는 사실을.

　그날 이후로 나는 일행의 말에 귀를 기울이기 시작했다. 그렇다고 모든 문제가 해결된 건 아니었지만 적어도 긍정적인 변화를 가져왔다. 여행에서는 늘 새로운 상황에 맞닥뜨리게 되는데 그것을 바라보는 시선은 모두 다르고, 여행에서 무엇을 중요하게 생각하는지도 사람마다 다르다는 것을 깨달았다. 아마도 이즈음 일행은 각자 자기만의 여행을 구상하기 시작했을 것이다. 한 사람은 파나마에서, 다른 한 사람은 이란의 테헤란에서 자기만의 여행을 결정하며 은수를 떠났다. 일행은 흩어졌지만 깨달음이 남았기에 내게는 긍정적인 경험이 되었다.

22살 하림이를 만난 건 멕시코시티의 여행자 숙소에서였다. 나는 은수를 미국 마이애미로 보낸 다음 홀로 여행하는 중이었다. 하림이의 첫인상은 마치 새벽의 세찬 바람을 뚫고 달려온 코뿔소와 흡사했다. 큰 눈망울이 호기심과 도전 의지로 꽉 차 있었다. 대학에 합격한 그녀는 학교를 다니는 대신 세계라는 큰 바다에 몸을 던졌다고 했다.

"여행 경비는 어떻게 마련했어?"

"공장에서 일했어요. 비행기표만 사서 온 거예요."

"부모님께서 도와주진 않으셨고?"

"대학 합격증까지 버리고 왔는데, 어느 부모가 돈을 대 주시겠어요?"

하림이는 부모님이 자기 여행을 이해해 주시는 것만으로도 감사하다며 함박웃음을 지었다. 돈이 떨어지면 현지에서 아르바이트하며 여행 경비를 충당하고 있고, 그렇게 4년을 여행할 거라고 했다.

민석이는 특별한 여행이 낳은 아들이었다. 우리는 터키 카파도키아에서 만났다. 아니, 만났다기보다 '도킹Docking'했다는 게 정확할 것이다. 내가 남미를 여행하고 있을 무렵, 그가 자전거 여행을 시작한다고 연락해 왔다. 자신은 중국을 거쳐 서쪽으로 떠나니 지구 어딘가에서 만나자는 글과 함께.

그를 알게 된 건 실은 세계 여행을 떠나기 훨씬 전이다. 세계 여행을 준비하던 내게 군 복무 중이던 그가 어느 날 편지를 보내왔다.

블로그에서 마을버스 세계 여행 계획을 보았습니다. 저도
제대 후에 자전거를 타고 유라시아를 횡단하고 싶습니다.
할 수 있을지 몹시 망설여지지만요.

그에게 답장했다. 꼭 해 보고 싶던 일이라면, 그 일을 위해 그리고 그 일을 통해 자신도 알지 못하던 큰 능력을 발견할 수도 있을

거라는 내용이었다. 민석이는 제대 후에 곧장 계획을 실행했다.

부슬비 내리는 카파도키아 어느 길가에서 그와 일행이 모퉁이를 돌아 달려오고 있었다. 중국의 타클라마칸 사막과 거친 파미르 고원을 넘어온 그의 여행담은 밤이 깊도록 그칠 줄 몰랐다.

여행이 낳은 아들과 딸은 이들만이 아니었다. 하루라도 괜찮으니 함께하고 싶다며 하이델베르크까지 와 주었던 민재는 시베리아로 떠나는 내게 맛있는 거라도 사 드시라며 쓰고 남은 러시아 돈을 몽땅 주었다. 모로코에서 한 달간 함께한 태훈이는 한국으로 돌아간 뒤에 마을버스 여행이 그립다며 다시 몽골로 찾아와 시베리아 횡단을 완성했다. 처음으로 두 차례나 함께한 여행 아들이었다. 예솔이와 함께 독일을 여행한 은영이는 음식을 어찌나 잘하는지, 방심하다가 나의 셰프 자리를 잠깐 빼앗겼다. 사람들에게 사진을 찍어 주며 세계를 여행하는 정현이, 프라하에서 만난 인연이 한국에서도 이어져 함께 여행한 준수 등 헤아릴 수 없을 만큼 많은 청년을 여행길에 만났다.

여행이 낳은 자식들은 인종과 나라도 초월했다. 멕시코의 파비와 살마, 볼리비아의 노엘리아, 모로코의 우마이마와 지넵, 자기 나라보다 한국을 더 사랑한다는 일본 청년 유키, 눈물의 이별을 한 이란의 사나와 터키의 지네프, 자동차를 고쳐 준 독일의 파비

● ● 하이델베르크에서 만난 청년들과 은수 지붕에서.

안. 이들은 내가 한 모든 여행의 가장 큰 자산이다. 모두 소개하기
도 어려운 '여행이 낳은 자식'들을 떠올리면 에너지가 한껏 채워
지는 기분이 든다.

우리 집으로
오세요

    이탈리아가 얼마나 매력적인 나라인지 굳이 설명할 필요가 있을까? 로마의 콜로세움, 피렌체의 두오모 성당, 피사의 사탑 등 일일이 거론하기 어려울 정도로 아름다운 유적이 많은 나라가 이탈리아다. 그러나 내 관심은 이런 것들에 있지 않았다. 내 여행의 목표는 언제나 오직 사람이었으니까. 나의 여행 노트에는 세계 여러 나라 친구들의 이름이 빼곡했다. 이들 덕분에 낯선 나라를 찾을 때도 마음이 든든할 수 있었다.

    미국 마이애미를 여행하다가 만난 사무엘레와 다비드라는 이 탈리아인 친구들도 그런 든든함을 주었다. 미국 텍사스의 샌안토 니오대학에서 유학 중이던 두 친구는 졸업을 앞두고 고향으로 돌아가기 전에 미국 여행을 하고 있었다. 사무엘레는 덩치가 크고 수염이 수북한 산적 같은 인상인 반면, 다비드는 말쑥한 훈남 스타일이었다. 나와 곱절이나 나이 차가 나는데도 친구처럼 지내던 이들이다.

"택씨, 마이애미 해변에 가서 일광욕할래?"

당시 마이애미 해변에는 '살 파먹는 박테리아'가 극성이라 다들 바다에 뛰어드는 걸 꺼렸다. 하지만 수의사인 그들은 아랑곳하지 않는 것 같았다. 사흘을 함께 여행하고 나서 다비드와 사무엘레는 이탈리아로 돌아갔다.

"택씨, 이탈리아에 오면 꼭 우리에게 들러야 해. 도대체 그 버스가 어떻게 생겨 먹었는지 내 눈으로 봐야겠단 말이야."

은수의 세관 통과에 문제가 생기는 바람에, 아쉽게도 이들은 은수를 보지 못한 것이다. 이후로도 우리는 SNS로 꾸준히 서로 안부를 주고받았다.

그 후 나는 뉴욕을 거쳐 유럽으로 향했고, 서유럽 여러 나라와 아프리카 모로코를 여행하고 다시 유럽으로 돌아왔다. 이때까지만 해도 여행은 순조롭고 재미있기만 했다. 그러다 도둑이 많기로 유명한 로마에서 진짜 도둑을 맞았다. 도둑은 차에 있던 카메라와 옷 가방까지 통째로 들고 가 버렸다. 때마침 급격히 떨어진 기온 탓에 피부병까지 도졌던 우리에게는 어려움이 배가됐다.

다비드와 사무엘레는 내가 이탈리아에서 도둑맞았다는 소식을 듣고 걱정이 이만저만이 아니었다. 하루빨리 자기들에게 오라며 성화가 대단했다. 하지만 우리의 다음 일정은 나폴리였다.

"헤이, 택씨! 나폴리는 더 위험해. 로마랑 나폴리는 진짜 이탈리아가 아니야. 당장 베로나Verona로 와! 진정한 이탈리아는 베로나라니까. 나폴리에 가면 차까지 훔쳐갈걸!"

이탈리아의 북부 도시 베로나에 사는 다비드의 끈질긴 설득에 우리는 나폴리의 낭만을 포기하고 그가 있는 베로나로 가기로 했다. 안개 자욱한 도로를 달려 베로나에 도착하자, 다비드의 말처럼 그 분위기가 로마와는 달랐다. 과거 베네치아 공화국의 문화가 남아서인지 거리에는 아름다운 건축물로 가득했고, 로마에서 느끼던 긴장감도 베로나에서는 느껴지지 않았다.

다비드는 세계를 한 바퀴 돌아온 우리 일행을 위해 고향 친구 10여 명을 불러서 축하 파티를 열어 주었고, 덕분에 로마에서 겪은 안 좋은 기억을 지울 수 있었다.

"택씨, 이 사진을 보면 로마에서 그 정도로 당한 걸 다행이라고 생각할 거야."

다비드가 나폴리 도둑이 저지른 현장 사진을 몇 장 보여 주었다.

"이것 좀 봐. 이렇게 바퀴까지 다 떼어 간다니까? 하지만 베로나는 안전하니까 안심해도 돼."

●●● 우리는 미국에서 알게 된 다비드를 만나러 베로나로 향했다.

   다비드는 물론 그의 친구들까지 우리 일행에게 베로나 구석구
석을 안내해 주었다. 그사이 이탈리아 북부 우디네Udine에 사는
사무엘레의 독촉도 이어졌다.

   "택씨! 우디네로 빨리 와. 피부병은 좀 어때?"

   나는 독일의 어느 호텔에서 베드버그(빈대의 일종)에 엄청나게
시달린 후 피부병을 앓고 있었다. 베드버그에 한번 물리면 그 가
려움이 심해서 피가 날 때까지 긁어야 직성이 풀릴 정도였다. 처
음엔 왼쪽 종아리에 고작 대여섯 개의 반점이 나타난 것뿐이었지
만, 나중에는 셀 수 없는 반점이 온몸으로 퍼졌다. 여행자들이 건
네준 연고를 발라도 차도가 없었다.

베로나에서 이틀을 더 보낸 다음, 사무엘레가 있는 우디네로 향했다. 우디네는 2천 년이 넘는 역사를 자랑하는 도시였다. 사무엘레 가족이 사는 동네에 들어서자 오래된 나무와 집과 성당이 고즈넉한 분위기를 자아냈다. 성당과 마주 보는 사무엘레 집 대문에는 오래된 포도나무 넝쿨이 벽을 타고 뻗어 있었다.

　온 가족이 우리 일행을 반갑게 맞아 주었다. 따뜻한 환대에 진짜 가족의 품으로 돌아온 느낌이 들 정도였다. 우리는 차에서 자려고 했지만, 그들은 방을 내주며 우리가 편히 머물 수 있게 배려해 주었다. 사무엘레의 삼촌은 입지 않는 옷이라며 나를 위한 옷을 한 보따리나 내왔다. 사무엘레는 베드버그에 물려 울긋불긋한 내 몸에 정성껏 연고를 발라 주었다.

　"사무엘레, 지금 바르는 게 뭐야?"

　"택씨, 내가 수의사잖아. 사람도 동물인데, 가축이 바르는 것과 뭐가 다르겠어? 하하하!!!"

　그는 내게 가축용 피부 연고를 발라 주며 연신 농담해 댔다. 다비드와 사무엘레는 미국에서 고작 사흘간 함께했을 뿐이었는데, 이후 인연을 이어 가며 가족처럼 지냈다. 덕분에 오랜 여행으로 고단하던 몸과 마음이 빠르게 안정을 찾아 갔다. 그러고 보면 짧은 만남은 있어도 하찮은 인연이란 없는 것인가 보다.

● ● 우디네에 사는 사무엘레(위)와 그의 가족(아래)은 우리를 반갑게 맞아 주었다.

국경에서는 되는 일도
안 되는 일도 없다

    은수와 여행하며 국경을 넘을 때마다 야릇한 긴장감을 느끼곤 했다. 대개 이웃하는 나라끼리는 과거 잦은 다툼을 벌인 역사가 있고, 그로 인해 사이가 좋지 않은 법이다. 국경에서 일하는 관리들도 국가 간의 복잡한 문제와 긴장으로 인해 국경을 넘는 이들에게 마냥 호의적이지만은 않다.

    2016년 1월, 우리는 알바니아를 떠나 마케도니아로 향하고 있었다. 동서양의 문화가 혼재된 마케도니아에는 '오흐리드Ohrid'라는 아름다운 호수가 있다. 호수 일대에 교회가 365개나 있다고 해서 유명한데, 우리는 그 호수 부근에서 며칠을 보낼 예정이었다. 국경에 다다르자 저 멀리 언뜻언뜻 보이는 호수와 둘러싼 만년설

● ● 보스니아 헤르체고비나 국경 마을에서 경찰의 검문을 받고 있다.

의 모습에 발길을 재촉하지 않을 수 없었다.

국경 주변은 미처 눈을 치우지 못해 길옆으로 어른 키 높이의 눈 벽이 쌓여 있었다. 국경을 통과하는 차는 많지는 않았지만 제법 길게 늘어서 있었다. 그만큼 검사가 까다롭고 검사 시간이 오래 걸린다는 뜻이었다. 한참을 기다리자 국경 세관원이 우리 차에 올라탔다. 기괴한 차 내부를 이리저리 살피던 세관원이 질문했다.

"당신들, 마약 가지고 있죠?"

앞차를 샅샅이 수색하는 걸 뒤에서 보고 적잖이 긴장했던 터라 갑작스러운 질문에 더욱 놀랄 수밖에 없었다.

"아뇨?! 마약이라뇨?"

"그럼 총 있나요?"

머리가 곤두섰다.

"성경책은 있어요?"

세관원은 계속 이것저것 있냐고 묻더니 곧이어 엉뚱한 질문을 쏟아냈다. 그러고는 펜을 달라고 해서 차 안에 사인했다. 은수가 세계 여행을 하고 있다는 걸 알고 세관원이 장난친 것이다. 앞서 간 차들을 철저히 수색한 그였지만, 우리 차만은 몇 차례 질문했을 뿐, 그대로 통과시켰다.

세관원은 그저 농담 몇 마디를 건넸을 뿐이지만, 그 짧은 시간 나는 몹시 긴장했다. 과거 국경에서는 마약과 같은 밀수품이 부패한 세관원의 묵인하에 비일비재하게 거래됐다고 한다. 범죄자들은 자신의 뒤를 봐주는 관리의 단속 실적을 올려 주기 위해 여행자를 이용했단다. 여행자의 짐에 마약을 몰래 집어넣은 다음에 관리에게 알려 주는 식이었다. 영문 모르는 여행자는 범죄자가 되어 버리고, 관리는 계속 그 자리를 지킬 수 있었을 것이다. 이런 생각을 하니 머리카락이 쭈뼛쭈뼛 곤두서는 것만 같았다.

앞서 볼리비아에서 아르헨티나로 넘어가는 국경에서도 세관원은 우리 차를 검사해야 한다며 특별 검문 장소로 데리고 갔다. 대개는 차 안을 살펴보거나 수납장을 열어 보는 정도로 검사가 끝나지만 이날은 달랐다. 얼마나 철저하게 조사하는지, 차의 환풍구는 물론 엔진까지 샅샅이 들여다보았다. 급기야 차 안의 벽까지 뜯어내기 시작했다. 오후가 다 지나도록 수색이 끝나지 않았다.

"왜 이렇게 철저히 조사하는 거죠? 다른 차들은 그냥 다 보내면서요."

지나친 수색에 항의하는 내게 아르헨티나의 세관원이 답했다.

"누군가 신고했습니다."

신고를 받은 세관원은 이 차에 무언가 있다는 확신을 갖고 샅샅이 조사했고, 결국 수색은 늦은 밤에야 끝났다.

입국 검사가 까다롭기는 중앙아시아 투르크메니스탄 국경을 따를 곳이 없을 것 같다. 이란 국경을 넘어 투르크메니스탄 세관에 이르는 길은 지옥의 길이라고 해도 지나치지 않았다. 도로는 어찌나 엉망인지 차가 앞으로 나아갈 때마다 풍랑 맞은 배처럼 요동쳤다. 길 양쪽으로는 온통 지뢰가 깔려 있어 살벌하기가 이를 데 없었다.

이 험난한 길을 지나자 중무장한 투르크메니스탄 군인들이 우리를 맞았다. 외국인에게 으레 베풀어 줄 법한 미소나 친절은 찾아보기 힘들었다. 러시아를 통과하면서는 스탬프를 단 한 차례만 찍었는데, 이곳에서는 무려 18개의 스탬프를 받아야만 했다.

군인들은 손가락 하나로 모든 대답을 대신할 정도로 권위적이었다. 게다가 국경을 통과하는 비용은 세계 최고였는데 이마저도 달러로만 지불해야 했다. 이란을 떠나면서 남은 돈을 모두 달러로 바꾸지 않았다면 크게 난처할 뻔했다.

투르크메니스탄에서 우즈베키스탄으로 넘어갈 때는 군인이 카메라 사진을 보자고까지 했다. 자기 나라에서 찍은 모든 사진을 지워야 한다는 것이었다.

"낙타 사진도 지워야 하나요?"

"델레떼(삭제)."

"과일 사진은요?"

"델레떼."

어떤 사진을 보여 주든 삭제하라는 간단하고 단호한 명령만 내렸다. 단 한 장의 사진도 가지고 나올 수 없던 유일한 나라였다.

국경 입국 심사가 매번 이렇게 철저하기만 한 것은 아니었다. 스페인에서 페리를 타고 모로코로 들어갈 때, 배에서 내린 우리는 모로코 세관원의 검사를 초조한 마음으로 기다렸다. 단순히 대륙만 넘어온 게 아니라 낯선 이슬람 문화권으로 접어들었기 때문이었다. 그런데 세관원은 차에 들어와 살펴볼 생각도 하지 않았다. 그저 문을 열더니 안을 슬쩍 들여다본 게 전부였다. 그런데 그렇게 대충 살펴본 세관원이 정작 한참 동안 은수를 통과시키지는 않았다.

"제 차에 무슨 문제가 있나요?"

"네, 아주 심각한 문제가 있습니다. 잠시만 기다리세요."

"차에 있으면 안 되는 물건이라도 있나요?"

"아뇨, 없습니다. 저 지도가 문제입니다."

은수의 몸에 세계 지도를 붙이고 다녔는데, 세관원은 그 지도가 큰 문제라고 했다.

"저 지도에 모로코 땅이 잘못 그려져 있습니다. 지도를 떼거나 고쳐야 갈 수 있습니다."

그는 나를 지도 앞으로 데리고 가서, 무엇이 잘못됐는지를 열심히 설명하기 시작했다. 다름 아닌 모로코와 서사하라 사이에 국경선을 그어 놓은 게 문제였다. 모로코는 서사하라를 자국의 영토로 선언했는데, 국경선이 웬 말이냐는 것이다. 세관원은 매직펜으로 모로코와 서사하라 지역을 온통 검은색으로 칠하고 나서야 우리를 보내 주었다.

아르헨티나에서 칠레로 들어오는 국경에서도 에피소드가 있었다. 칠레의 국경 검문은 남미에서도 철저하기로 유명한데, 특히 농산물 반입을 엄격하게 통제했다. 세관원이 차에 올라타더니 달걀을 모두 압수했다.

"이건 무정란입니다."

"안 됩니다. 가공되지 않은 농산물은 무조건 가지고 들어갈 수 없어요."

"이거 제가 먹으면 문제없는 거죠?"

"그러면 문제없습니다만, 한 판을 다 먹으려고요?"

가난한 여행자에겐 멀쩡한 음식을 버린다는 건 상상할 수 없는 일이었다. 나는 세관원이 보는 앞에서 날달걀을 깨어 입속에 털어 넣었다.

서류 등록을 마치고 차로 돌아오니 희한한 일이 벌어지고 있었다. 달걀마저도 압수할 정도이니 지금쯤 은수를 철저히 수색하리란 예상은 빗나갔다. 세관원들은 수색 대신 은수의 몸에 사인하며 기념사진을 찍느라 정신이 없었다. 그렇게 은수는 칠레 세관원들의 환호를 받으며 위풍당당하게 국경을 넘었다.

국경에서 어처구니없는 일도 많았다. 페루를 떠나 티티카카 호수가 있는 볼리비아의 코파카바나Copacabana로 가던 중이었다.

볼리비아 국경에서 여권 검사를 마치고 차를 등록하려고 사무실을 찾았는데 아무도 없었다. 아무리 기다려도 세관원은 나타나지 않았다. 뒷마당에서 자전거를 고치는 노인만 있을 뿐이었다. 그에게 영어로 세관원이 어디 있느냐고 물었으나 도무지 말이 통하지 않았다. 한참을 기다려도 나타나질 않자 나는 아예 세관원을 찾아 나섰다. 그런데 조금 전까지 자전거를 고치던 노인이 세관원 자리에 앉아 있는 게 아닌가. 제복을 입고 있지 않아서 동네 노인이라고만 생각했던 그가 바로 세관원이던 것이.

그는 내가 건넨 자동차 서류를 받아 들고 컴퓨터 앞에서 열심히 작업했다. 하지만 한참 지나도록 입국 허가를 내주지 않았다. 가끔 우리에게 무언가를 묻곤 했는데, 안타깝게도 우린 전혀 알아들을 수 없었다. 그는 영어가 안 되고 나는 스페인어가 안 되었다. '뭔가 큰 문제가 있는 게 분명해. 혹시 컴퓨터상에 우리에 관한 안 좋은 정보가 떴나?'

한참 후에 그가 내게 컴퓨터 앞으로 오라고 손짓했다. 모니터를 보여 주는데, 컴퓨터가 얼마나 오래되었는지 화면에 표시된 마우스 커서의 화살표가 덜덜덜 떨리고 제대로 움직이지 않았다. 검색창에 있는 '레푸블리카 데 꼬레(대한민국)'를 눌러야 하는데, 조준하기가 미사일을 맞추는 것만큼 어려웠다. 세관원은 나이 든 노인이라서 손을 덜덜 떨기까지 하니 얼마나 어려웠겠는가. 할 수 없이 내가 컴퓨터 앞에 앉아 그가 불러 주는 대로 서류를 채웠다. 내 손으로 국경 통과 서류를 만들기는 처음이었다.

"국경을 넘는 게 그렇게 어려운가요?"

여행을 마치고 한국으로 돌아온 내게 누군가 물었다. 약 22개월간 세계 여행을 하면서 50차례 넘게 국경을 넘었다. 국경을 넘을 때마다 늘 야릇한 긴장을 느꼈지만, 딱히 국경에서는 어떻게 해야 한다는 정답은 없다. 국경에서는 다양한 방법으로 문제가 발생하기에 모든 문제를 예측하고 대비할 수는 없기 때문이다. 같은 나라라도 국경에 따라, 또는 세관원의 성향에 따라 여행자의 운명이 갈리곤 한다.

국경을 여러 번 넘으며 터득한 방법이 하나 있긴 하다. 되도록 미소 지으며 긍정적인 자세를 보여야 한다는 것이다. 세관원은 바로 이웃한 나라 사람들에겐 엄격하지만, 먼 나라의 외국인 여행자에게는 상대적으로 친절한 편이다. 따라서 여행자가 그들에게 좋은 태도를 보이면 큰 문제 없이 넘어갈 확률이 높다.

"국경에서는요, 되는 일도 안 되는 일도 없어요. 세관원들을 친구로 만들면 됩니다."

한 번쯤
길을 잃어도 좋다

　동유럽의 진주라고 불리는 슬로베니아 류블랴나Ljubljana에서 출발해 크로아티아의 아름다운 플리트비체 호수로 향했다. 유럽은 어디를 가나 고즈넉한 성과 그 주위를 떠돌며 풀을 뜯는 양과 염소의 모습이 여행자 마음을 평화롭게 해 주는데, 슬로베니아는 이런 분위기가 더 깊숙이 묻어났다.

　크로아티아의 국경에 들어서니 슬로베니아와는 또 다른 풍광이 눈을 가득 채웠다. 비를 뿌리고 간 구름이 산기슭 주변 마을들을 어슬렁거리고 있었다. 어떤 구름 조각은 지붕을 넘는 것도 힘겨워 보였다. 이 광경을 보자, 얼마 전 TV에서 본 솜틀집 아저씨가 생각났다. 온종일 솜을 틀어서 눈썹이며 머리에 온통 하얀 솜

● ● 슬로베니아 블레드 성으로 가는 길목의 산간 마을.

이 붙어 있던 그는 특히 눈썹에 붙은 솜 때문에 산신령처럼 보이기도 했다. 마을 집집마다 지붕에 걸린 구름 조각이 딱 그 모습을 닮아 있었다. 비 온 뒤 산간 마을은 차분하게 아름다웠다. 굳이 플리트비체에 가지 않는다 해도 후회되지 않을 만큼 멋진 풍경이 이어졌다.

아침부터 조금씩 내리기 시작한 눈이 점차 거세지더니 온 대지를 하얗게 덮어 버렸다. 어제만 해도 구름 한 점 없던 하늘을 뚫고 아름다운 자태를 뽐내던 알프스 설봉들이 짙은 안개 속으로 사라져 버리고 말았다. 미끄러운 길 때문에 은수는 커브를 틀거나 브레이크를 밟을 때마다 옆으로 밀리곤 했다. 그때마다 등에서 식은땀이 흘렀다.

산악 지대의 날씨는 변덕이 심하다. 날이 개는가 싶다가도 이내 눈발이 거세지기를 반복했다. 산 위에 내린 비와 눈 때문에 불어 난 계곡물이 어찌나 요란스레 흐르던지 운전하는 동안에도 계곡 물이 도로 위를 들락거렸다.

"그런데 형님, 아무래도 길을 잘못 들어선 것 같습니다."

슬로베니아에서 합류한 자동차 여행자 김학원이 자기 차를 멈 추더니 길이 좀 이상하다며 모바일 애플리케이션 지도를 재차 확 인했다. 어쩐지 자꾸만 산속을 향해 가고 있던 터였다. 종종 애플 리케이션 지도가 우리를 엉뚱한 곳으로 이끌었는데, 그때마다 힘 든 일을 겪곤 했다. 이번에도 우리는 깊은 산속에서 길을 멈춰야 했다.

"형님, 돌아갈까요?"

"지도를 보니, 길은 좀 나쁘지만 플리트비체까지 연결돼 있네."

"그래도 길에 눈이 많아요. 바퀴가 빠지면 큰일입니다."

길옆으로 눈이 수북하게 쌓여 있었다. 그러나 차들이 지나가면 서 바큇자국으로 길을 만들어 놓은 터라 그것만 잘 따라간다면 운행에는 별문제가 없어 보였다.

"이제 눈도 그쳤으니 살살 가 보자. 내가 앞장설 테니 조심해서 따라와."

● ● 눈으로 덮인 크로아티아의 플리트비체 국립공원.

차는 눈길을 따라 점점 숲속으로 빨려 들어갔다. 마을 몇 개를 지나는 동안 길은 여러 갈래로 갈라졌다가 합쳐지기를 반복했다. 어쩌다 지나가는 사람에게 길을 물으면, 가던 길로 가라는 손짓만 보내왔다.

마을을 하나씩 지날 때마다 길에 난 자동차 바큇자국이 희미해져 갔다. 그만큼 우리 일행 외에 오가는 차가 없던 것이다. 숲의 나무들이 하얀 눈을 잔뜩 머리에 이고 있다가 우리가 지나가려는 길에 쏟아붓곤 했다. 백미러로 보니 학원의 승용차가 좌우로 비틀거리면서도 잘 따라오는 듯했다.

바퀴가 빠질지도 모른다는 상황이 가슴을 짓누르지만 않았다면 숲의 아름다움을 눈에 담느라 정신없었을 것이다. 쌓인 눈이 은수의 바퀴를 움켜쥐기 시작했다. 뒤따라오던 학원의 차가 길 위에 멈춰 선 걸 보고 마음이 조급해졌다.

"일단 은수를 안전한 곳에 세우고 도와주러 올게."

은수는 무겁고 큰 차여서 한번 눈에 빠지면 애먹을 게 분명했다. 달릴 수 있을 때까지 계속 달려야 했다. 다행히 눈 쌓인 길이 얼마 안 가서 끝났다. 마침 학원도 스노체인을 감고 뒤따라왔다.

"형님, 여기 정말 아름답습니다. 여기가 플리트비체 아닐까요?"

산등성이를 타고 내려가는 구름이 연신 눈을 뿌려 댔다. 새하얀 눈꽃이 휘감긴 나무들이 어찌나 아름다운지 감히 손으로 만지는

게 미안할 정도였다. 영화 〈나니아 연대기〉에서는 옷장 문으로 들어간 주인공들이 눈의 나라로 빠져나가 환상의 세계를 발견한다. 마치 우리가 그 주인공이 된 기분이었다. 그때 맞은편에서 차 한 대가 다가왔다. 운전자가 미소 지으며 플리트비체에 온 것을 환영했다.

"정말 멋진 길로 오셨네요. 여기서부터 플리트비체 국립공원입니다. 대부분의 사람이 이 아름다운 숲길을 모릅니다. 이 길을 선택한 당신들은 진짜 행운아입니다."

우리가 온 길이 플리트비체의 아름다운 계곡과 연결된 숲길이던 것이다. 계속해서 눈꽃 터널이 이어졌고, 우리 입에서는 감탄사가 연신 흘러나왔다.

"형님, 우리 종종 길을 잃읍시다."

길을 잃은 대가가 이토록 멋지게 돌아올 줄은 몰랐다.

섭섭함이
살구 열매만큼이나

이란의 오랜 역사를 품은 이스파한Esfahan은 잘 정비된 도시다. 이스파한 시내를 둘러보다가 어느 호텔 앞에 은수를 세우기에 적당한 자리를 발견했다. 며칠간 머무르려면 화장실도 필요했기에 일단 그곳에 은수를 세웠다.

"우리는 5성급 호텔에서 잔다!"

여행자들에게 이런 이야기를 하면 하나같이 눈이 휘둥그레진다.

"돈이 그렇게 많아?"

"아니, 없지. 우린 5성급 호텔 주차장에서 자거든. 하하하!"

하루는 호텔 화장실에서 나오는데, 또렷한 인상의 이란 여성이 호텔 앞에 세워 둔 은수를 이리저리 살펴보고 있었다.

"안녕하세요? 제 이름은 사나입니다. 한국에서 오셨나요?"

"예, 그렇습니다. 저희는 세계 여행을 하고 있습니다."

활짝 웃으며 다가오는 그녀에게 내가 답했다. 그리고 조심스레 부탁했다.

"혹시 시간이 되면 가이드를 좀 해 주실 수 있을까요?"

영어를 유창하게 하던 사나는 이 호텔의 골동품 판매점에서 일하는데 몇 시간 정도 여유가 있다며 흔쾌히 응했다. 우리는 이스파한 곳곳을 다니며 그녀의 안내를 받았다. 사나는 다음 날에도 우리를 찾아왔다.

"저희 아버지께서 여러분을 집에 모셔오라고 하셨습니다. 손님을 길에서 재우면 안 된다고요."

사나의 갑작스러운 제안에 우리는 머뭇거렸다. 한 번 본 사람을, 그것도 외국인을 집에 초대한다는데 어떻게 당황하지 않을 수 있겠는가. 게다가 그때 우리 일행은 방송 다큐멘터리를 제작하는 피디를 비롯해 인원이 상당히 많았다.

"초대해 주신다면 저희야 감사하죠. 그런데 보시다시피 저희가 일행도 많고……."

"지나는 객을 잘 대접하라는 게 알라의 가르침이죠."

신께서 그리하라고 하셨다니 무슨 말이 더 필요하겠는가. 사나가 퇴근하고 우리를 집으로 안내했다. 그녀는 집 근처에 은수를 안전하게 세워 놓을 장소도 미리 마련해 두었다. 손님을 맞이하는 사나 가족의 태도는 정중하고 진지했다. 사나의 어머니와 언니는 우리에게 대접할 음식을 만드느라 분주했다.

서예가인 사나의 아버지 카슴 비디는 대나무를 깎아서 만든 펜촉으로 멋지게 글씨를 썼다. 그는 내 이름을 묻더니 이란어로 정성껏 써 주었다. 나도 그의 이름을 한글로 써서 선물했다. 이란의 서예에서는 새가 날아가는 듯한 날렵함이 느껴졌다. 동물 털로 만든 붓을 사용하는 우리의 서예와 달리 대나무를 얇게 깎아 만든 펜촉을 주로 사용했다. 생김새로 보아 만년필과 비슷한 원리의 펜 같았다. 문화와 예술을 사랑하고 예의범절을 중시하는 문

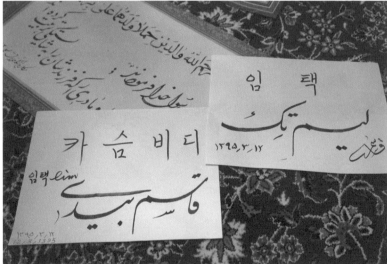

●● 우리는 사라의 집에서 극진한 대접을 받았다.

화 때문에, 이란은 중동 국가들이 인정하는 소위 '양반 국가'로 알려져 있었다.

사나의 집 마당에는 살구나무 한 그루가 있었다. 노란빛을 띤 살구가 어찌나 많이 달렸는지 가지가 부러질 듯 위태로워 보였다. 밤새 떨어진 살구를 줍기만 해도 큰 바구니가 가득 찰 정도였다. 달고 신선한 살구를 주워 먹다 보면 어느덧 배가 불러 왔다.

사나의 아버지는 내가 사다리를 타고 올라가 살구를 따도록 허락해 주었다. 그는 사다리를 단단히 붙잡아 주었을 뿐만 아니라, 너무 많이 따는 것만 같아 미안하여 머뭇거리는 내게 오히려 더 많이 따라는 손짓을 하기까지 했다.

"카슴 비디 씨, 짧은 시간이지만 이렇게 정들었는데 곧 헤어질 걸 생각하니 많이 서운합니다."

"나의 섭섭함은 저 나무에 달린 살구 열매만큼이나 하오."

살구나무의 열매 개수만큼이나 섭섭하다는 그의 다정한 말이었다. 사나의 집에서 머무르던 마지막 날, 우리는 사나에게 감사의 뜻으로 점심을 사고자 했다. 비싸고 맛난 점심을 사 주자며 그녀가 근무하는 호텔 레스토랑으로 갔다. 사나는 호텔 요리는 비싸다며 한사코 사양했지만, 우리는 그녀가 이날만은 왕 같은 느낌을 받기를 바랐다. 이스파한의 내로라하는 사람들이 찾는 호텔이어서인지 밥 먹는 사람들 차림새도 화려했다. 우리도 자리를 차지하고 앉았다.

"사나, 당신을 절대 잊지 않을 거예요. 이란 여행에서 최고의 선물은 당신을 만난 거예요."

갑자기 사나가 울음을 터뜨렸다. 큰 눈망울에서 눈물이 하염없이 흘렀다.

"이렇게까지 생각해 주시니 정말 감사합니다."

정작 감사해야 할 건 우리인데, 오히려 그녀가 연신 감사하다며 눈물을 멈추지 않았다. 22살인 사나는 여느 청년과 다르지 않게 자기만의 꿈과 포부를 지니고 있었다. 하지만 포부가 크면 좌절도 큰 걸까?

"아버지가 올해 안에 결혼하라고 하세요."

이른 나이에 결혼해야 하는 현실이 그녀의 꿈을 옥죄고 있었다.

"저는 외국에 나가서 더 공부하고 싶은데, 아버지는 제 생각을 받아들이지 않으세요."

사나의 이야기를 듣자니 오래전 기억이 떠올랐다. 학창 시절, 대학에 가고 싶어 하는 내게 아버지는 상업고등학교 진학을 권했다. 내가 고등학교에 들어갈 무렵, 이미 환갑을 넘긴 가난한 농부이던 아버지는 연로한 몸으로 어린 자식을 뒷바라지하기가 힘드셨을 것이다. 결국 나는 아버지 말씀대로 야구로 유명한 서울의 한 상고에 진학했다. 숫자에 재능 없던 내가 상고에 갔으니 학교

생활이 좋을 리 없었다. 성적은 늘 꼴찌 주위를 어슬렁거렸고, 졸업 후에도 사회생활에 적응하지 못했다. 늦은 나이에 대학에 진학했지만, 쓸데없이 먼 길을 돌아왔다는 느낌을 지울 수 없었다. 그 아쉬움 때문인지 지금도 청년들에게 하고 싶은 일을 하라고 이야기한다.

"사나, 그 꿈 포기하지 마. 소중하게 간직하다 보면 언젠가 이룰 날이 있을 거야."

사흘 동안 사나의 가족에게 극진한 대접을 받고 떠나는 날 아침, 누구 할 것 없이 얼굴에 서운함이 가득했다. 언제 준비했는지, 사나의 어머니가 우리를 위해 도시락을 준비해 주셨다.

"덕분에 잘 대접받고 갑니다. 감사하다는 말 외에는 저희가 드릴 게 없네요."

"여러분을 모시게 돼서 정말 행복했습니다. 부디 좋은 여행 하시고, 무사히 집으로 돌아가시길 바랍니다."

말을 마친 사나의 아버지가 눈시울을 붉히더니 끝내 눈물을 쏟았다. 사나와 언니의 큰 눈에서도 눈물이 흘렀다. 우리 일행도 눈물을 감출 수 없었다. 만나서 정을 나눈 게 고작 사흘인데, 이토록 요란한 이별이라니. 사나와 그 가족 덕분에 내게는 다시 찾아갈 지구촌 고향이 하나 더 늘었다.

주몽을
사랑한 나라

"주몽!"

이란을 여행하면서 이 한마디만큼 영향력 있는 말이 있을까? 당시 한국 드라마 〈주몽〉이 이란을 휩쓸고 있었다. 그래서인지 이란 사람들은 유독 한국인에게 호감을 보이고 있었다.

한 톨게이트에서 앞서가는 차들이 창문을 열고 통행료를 내는 것을 보고 우리도 통행료를 지불하려고 했다. 구레나룻이 멋스러운 수금원이 돈을 받아 들고 물었다.

"어느 나라에서 오셨죠?"

우리는 한국에서 왔다고 답했다. 그러자 그는 '주몽'을 아느냐고 다시 물었다. 안다고 대답하자, 받았던 통행료를 다시 내주며

● ● 이란의 수도 테헤란에 있는 이맘자데 살레 모스크.

그냥 가라고 했다. 뜻밖의 일에 어안이 벙벙하던 우리에게 그는 재차 가라고만 했다. 이후 9번의 통행료를 '주몽'으로 지불했다.

모래사막이 있는 야즈드Yazd라는 남부 도시에 가고 있을 때도 비슷한 경험을 했다. 저녁에 휴게소 주차장에서 하룻밤을 묵게 되었다. 식사를 마치고 일행과 한 카페에 갔다. 카페 안에 한가득 모인 사람들이 TV를 보고 있었고, 마침 한국 드라마가 방송되고 있었다. 카페 안으로 들어선 우리에게 한 이란인이 지금 방송되는 드라마가 〈동이〉라고 알려 주었다. 여행을 떠난 지 오래되어 정작 우리에게는 생소한 한국 드라마였지만, 외국인이 한국 드라마를 열심히 보는 걸 보니 놀랍고 기분 좋았다. 일행과 함께 커피를 마시는데, 어떤 이란인이 다가와 영어로 말했다.

"이 카페 주인이 커피값을 받지 않겠다고 합니다."

"아니, 왜요?"

"당신들이 한국인이라서 안 받는대요."

한국인이라는 이유 하나만으로 커피값을 받지 않는다는 말에 고맙기도 미안하기도 하여 콜라를 1병씩 더 사 마시기로 했다. 콜라를 마시고 돈을 지불하려고 하자, 주인은 이마저도 한사코 받지 않았다. 그러더니 내일 아침에 닭고기 요리를 하는데, 우리도 와서 먹고 떠나라며 친절하게 권했다. 이란인의 한국 사랑이 이렇게 대단했다.

이란의 남부 도시 쉬라즈Shiraz에서 저녁 식사를 하기 위해 레스토랑을 찾는데, 마침 멀리서도 알아볼 수 있을 만큼 큰 식당 간판이 눈에 띄었다. 아라비아풍의 인테리어가 아름다운 식당 안으로 들어서니, TV에서 〈주몽〉이 방영되고 있었다. 직원 모두 〈주몽〉을 보느라 손님에게는 관심도 없었다.

식당 중앙 홀에는 식탁이 놓여 있고, 가장자리에는 평상을 만들어 양탄자를 깔아 놓았다. 팔을 받치는 베개처럼 생긴 침구까지 마련되어 있어서 사람들이 다리를 뻗고 몸을 기대어 쉬고 있었다. 저녁 식사를 마친 나는 직원에게 평상을 가리키며 조심스레 물었다.

"저, 혹시 여기서 하룻밤 자고 갈 수 있을까요?"

여러 손님이 식사하는 식당에서 잠을 청하는 걸 받아들이지 않을 수도 있겠다고 생각했는데, 뜻밖의 답변이 돌아왔다.

"아, 물론입니다. 편하게 주무세요. 그리고 뒤뜰에 가면 씻을 물도 있으니 사용하셔도 돼요."

"감사합니다. 저어, 여기가 식당인데 괜찮겠어요?"

직원들은 뭐가 문제냐는 듯 자고 가라고 했다. 고맙게도 식당에 머물게 되었고, 식당에 밥을 먹으러 온 손님들도 우리 일행에게 관심을 가지기 시작했다. 그중 한 가족이 내 곁으로 다가왔다.

"혹시 한국에서 오셨나요? 저희는 한국을 너무 좋아합니다. 함께 사진 찍어도 될까요?"

"당연하죠. 저희가 영광입니다. 여행 중이신 모양인데, 어디서 오셨나요?"

"저희는 마슈하드Mashhad에서 왔습니다."

"마슈하드요? 투르크메니스탄 국경에 있는 그 도시인가요? 저희도 그리로 갈 겁니다."

"아, 그러세요? 괜찮다면 저희 집에서 머무르세요. 며칠이고 상관없습니다."

마슈하드는 투르크메니스탄 비자를 받기 위해 우리가 꼭 들러야 하는 도시였다. 묵을 곳이 마땅치 않아 고민했는데 고마운 제안이었다.

"꼭 들러야 합니다. 우리는 10일에 마슈하드로 돌아갑니다."

부부의 아들인 베자르드가 내 노트에 가족 이름과 연락처를 빼곡하게 적어 주었다. 그러곤 내 휴대폰을 달라고 하더니 자기에게 전화를 걸었다. 혹시 내가 연락하지 않을까 걱정되어 전화번호를 확인한 것이다.

며칠 뒤 마슈하드에 도착했으나 그들에게 신세를 지기가 미안했다. 우리는 연락하지 않고 도시의 공원에서 잠자기로 했다. 노숙도 그리 나쁘지 않았다. 그런데 우리가 마슈하드에 온 걸 알았는지 베자르드에게서 전화가 왔다.

"택씨, 왜 전화 안 하세요? 지금 어디예요?"

"아! 여기는 공원인데요, 그냥 여기서 머무르다 가겠습니다."

"안 됩니다. 저희 집으로 오세요. 빨리요."

전화를 끊고 몇 시간 후, 그가 친구와 함께 공원으로 찾아왔다. 차가 있는 친구까지 데리고 우리를 찾아 나선 것이다. 베자르드에게 체포(?)되어 그의 집으로 갔다. 온 가족이 반겨 맞아 주었다. 집에 들어서기 무섭게 음식이 쉴 새 없이 나왔다. 새벽 1시가 넘을 때까지 가족의 대접은 이어졌다.

이처럼 이란을 여행하는 동안 우리는 단지 한국인이라는 이유만으로 넘치는 배려와 극진한 대접을 받았다. 이란을 여행하는 내내 그들의 한국 사랑이 고맙기만 했다.

톈산산맥을 넘어
고려인의 땅으로

이란을 떠나 투르크메니스탄을 거쳐 톈산산맥의 고원 지대로 들어섰다. 중앙아시아로 들어서는 관문이었던 투르크메니스탄은 생소한 나라였다. 이 나라는 내륙 바다인 카스피해를 접하고 있다. 내륙 국가이지만 바다가 있는 희한한 나라인 셈이다. 이 나라는 오랫동안 1인 독재의 지배하에 놓여 있었다. 세계 8위의 매장량을 자랑하는 천연가스가 독재의 큰 무기였을 것이다.

길거리는 질서 정연했으나 무언가 통제 속에서 움직이는 듯했다. 호텔의 TV를 켜니 하루 종일 대통령을 찬양하는 방송이 그치질 않았다.

"이 나라 대통령의 멘토가 글쎄 김일성이랍니다. 하하하!"

● ● 중앙아시아로 들어서자 만년설에 덮인 톈산산맥이 우리를 맞았다.

인터넷 검색을 마친 성택이가 웃으며 말했다.(그의 이름은 나의 본명과 같다.) 성택이는 3개월 전 알바니아에서 합류한 청년이었다. 그는 호주에서 바리스타로 일하던 중 SNS를 통해 나를 알게 되었다. 그는 함께 여행하고 싶다며 일하던 카페에 사표를 내고 나와 합류했다. 한국에서부터 줄곧 함께했던 J가 이란의 테헤란에서 귀국하자 중앙아시아 횡단은 둘만의 여행이 되었다.

"형님, 그런데요, 우리 아무데나 막 돌아다니면 안 되겠는데요? 여기 서류에 우리가 가야 할 길이 표시되어 있어요."

성택이가 빨간색으로 선이 그어진 서류를 들어 보였다.

"참 가지가지 한다. 뭐가 그렇게 두려울까?"

이 이상한 나라를 지나 우즈베키스탄으로 들어왔다. 우즈베키스탄은 톈산산맥에 있는 소위 '스탄'으로 끝나는 국가 중 하나다. '스탄'이란 '땅'이라는 뜻을 가지고 있는데 빠르게 붙여서 발음하면 '땅'처럼 들린다. 우리는 시베리아로 가기 전 우즈베키스탄과 키르키즈스탄 그리고 카자흐스탄을 지나야 했다. 거대한 톈산산맥이 급격히 낮아지면서 아득한 평원이 계속되었다.

우리는 가끔 두서없는 '아무말 잔치'를 하는 것으로 지루함을 견디며 광야를 지나고 있었다. 태양이 뜨고 지는 데 이유가 없듯 우리의 이동도 그러했다. 아침이 되면 달렸고 저녁이 오면 멈춰 불을 지폈다. 초저녁이 되자 수많은 벌레가 하늘을 덮었다. 하루살이는 짝을 찾는 일에 결사적이었고 새들은 이들을 잡아먹느라 시끄러웠다. 한바탕 소동이 끝나자 이번에는 가축들을 향한 모기 떼의 공격이 시작되었다. 밤이 깊도록 짐승들의 울부짖는 소리가 대지를 울렸다. 모기들이 흡족한 배를 두드리며 그들의 서식처로 떠나고 나서야 들판은 긴 잠에 빠졌다.

우리는 마치 광야에서 도망치듯 수도 타슈켄트Tashkent 근처의 국경으로 향했다. 그리고 국경을 통과해 카자흐스탄으로 들어와서 지도를 보았다.

"형님, 이제 집에 다 왔네요. 허허허!"

"그러게나 말이야."

이즈음 우리 사이에는 집에 다 왔다는 식의 대화가 많아졌다. 실제로는 아직 까마득한 거리가 남아 있었지만, 대륙을 넘나드는 장기 여행을 하다 보니 우리의 거리 감각이 무뎌진 모양이었다. 몇 개월 전 튀르키예의 수도 이스탄불에 있는 '파티흐 술탄 메흐메트 다리Fatih Sultan Mehmet Köprüsü'를 건너며 외쳤던 말이 생각났다. 이 다리는 유럽과 아시아를 잇는 다리인데, 우리는 이 다리를 건너 소아시아 반도로 들어서며 이렇게 외쳤다.

"야, 드디어 아시아다! 집에 이제 다 왔어!"

카자흐스탄의 알마티Almaty는 '사과의 도시'라는 의미답게 과일이 많았다. 도시는 깨끗하고 질서 정연했다. 이곳에서 박석화라는 분을 만났다. 그는 수십 년 동안 이곳에서 민박과 여행업을 하는 분이었다. 중앙아시아 여행에 관한 한 이분을 빼고 이야기할 수 없을 정도였다.

"이곳에는 고려인이 아주 많습니다. 게다가 부자가 많아요. 이 나라 10대 부자 중에 고려인이 무려 3명이나 됩니다."

그의 표정에서 고려인들의 자부심이 느껴졌다.

"북쪽으로 가다 보면 우슈토베Ushtobe라는 마을이 있어요. 고려인들이 만든 마을이죠. 이곳에 최초의 이주민들이 버려졌답니다."

'버려졌다'라는 말에 힘이 들어가 있었다. 1930년대 후반 스탈린의 강제 이주 정책에 따라 연해주 일대에 살고 있던 10만여 명의 동포가 영문도 모른 채 화물 열차에 실렸고, 한 달이나 되는 긴 여정 끝에 이곳에 내렸다. 많은 이가 죽어 갔고 겨우 살아남은 이들은 맨손으로 이 땅을 일구었다.

"10월이면 한파가 몰아칩니다. 그때 그 허허벌판에 사람들을 내려놓은 거죠. 가는 길에 있으니까 꼭 들렀다 가세요."

며칠 후 우리는 알마티를 떠나 러시아 국경으로 가는 길에 우슈토베에 들렀다. 어차피 국경 마을인 세메이Semey까지는 약 1,000km가 넘는 데다가 대부분 비포장도로여서 사흘은 가야 할 거리다. 우리는 여정의 첫날을 우슈토베에서 묵기로 했다. 아침에 떠났지만 늦은 오후 무렵이 되어서야 마을 입구에 도달했다. 멀리 고려인들로 보이는 사람들이 모여 있었다. 인상이 좋은 노부인이 다가와 반갑게 인사했다.

"박 사장님께 연락 받았습니다. 오늘은 저희 숙소에서 주무시고 가세요."

부인은 우리를 작고 아담한 숙소로 데리고 갔다. 뒤뜰 닭장에는 여러 마리의 닭이 모이를 먹느라 분주했다.

"지금은 닭이 10마리인데요, 오늘 아침에는 17마리였다우."

"나머지는 어디로 갔나요?"

"방금 오시기 전에 저 가마솥으로 갔지요. 오늘 다 같이 모여 닭백숙을 해 먹을 거라우."

부인은 마당에 있는 가마솥을 가리키며 말했다. 우리를 환영하기 위해 닭 일곱 마리가 생을 마감한 모양이었다. 일을 마친 부인이 길섶에 있는 키가 큰 풀을 꺾어 모았다. 그녀는 빗자루 모양으로 엮은 풀을 내게 주었다.

"이건 무얼 하시려고요?"

"가 보면 알아요. 자, 갑시다."

아마도 그 유적지를 가는 모양이었다. 멀지 않은 곳에 다다르자 작은 산이 보였다. 산이라기에는 작은 동산처럼 보였다. 그곳에

● ● 이름 모를 고려인 묘의 묘비.

는 고려인들의 무덤이 여기저기 흩어져 있었다. 그리고 큰 돌로
만든 비석이 덩그러니 놓여 있었다.

이곳은 원동에서 강제 이주된 고려인들이 1937년 10월
9일부터 1938년 4월 10일까지 토굴을 파고 살았던 초기
정착지이다.

그들은 블라디보스토크를 '먼 동쪽'이라는 의미로 원동(遠東)
이라고 불렀다.

땅거미가 지기 시작하자 빗자루의 정체가 드러났다. 몰려드는
모기는 여간해서 포기할 줄을 모른다. 어찌나 결사적인지 손으로

만져도 날아가지 않을 정도였다. 우리는 이 빗자루를 사정없이 흔들며 도망치듯 차에 올랐다.

"이 모기들이 더 독한 고려인을 상대하느라 이렇게 세져 버렸지 뭡니까."

강제 이주를 당한 고려인들은 겨울의 추위보다도 굶주림 때문에 죽은 사람이 많았다고 했다. 그들은 자신들이 가져온 종자 볍씨를 목숨을 버리면서까지 지켜 낸 것이다.

"카작(카자흐스탄의 준말)은 고려인이 오기 전에는 유목 생활을 했습니다. 지금은 농업 국가랍니다. 여기서 생산하는 쌀로 옛 소련을 다 먹여 살렸으니까요."

러시아 국경으로 가며 끝없이 펼쳐진 밭에는 온통 벼가 넘실거렸다. 추수가 한창인 들에서 볏단을 가득 싣고 가는 트럭들의 행렬을 보았다. 어찌나 높이 쌓았는지 차가 조금이라도 출렁거리면 넘어질 듯 위태롭게 출렁거렸다. 차는 오뚜기처럼 다시 균형을 잡으며 먼 길을 달렸다.

"저 차도 고려인을 닮았나 봐요."

"그러게. 안 쓰러지잖아."

1,063km
직진 후 우회전

　카자흐스탄을 떠나 러시아의 바르나울Barnaul이라는 도시로 들어왔다. 장대한 시베리아를 횡단하는 시작점이다. 7월의 시베리아는 짧은 여름이 한창이었고, 햇볕에 달궈진 버스에 곤충들이 몰려들었다. 도시를 나서자 숲이 끝없이 이어졌다.

　"형님, 저 소나무 좀 보세요. 이 나라는 나무만 팔아도 먹고 살겠어요."

　바르나울에서 바이칼의 도시 이르쿠츠크Irkutsk까지는 약 2,000km를 달려야 했다. 포장도로과 비포장도로가 번갈아 가며 끝없이 이어졌다. 도로는 시베리아 횡단 철도와 궤를 같이하였고 도시들은 역을 중심으로 발달했다. 우리는 끝없이 뻗어 있는 그

● ● 시베리아에서 흔히 보는 러시아 정교회 교회를 지나고 있다.

길을 따라 한여름의 시베리아를 횡단했다.

그렇게 도착한 이르쿠츠크는 바이칼호 연안의 도시다. 바이칼의 여름은 피서객들로 붐볐다. 우리도 바이칼에서 수영해 볼 절호의 기회였다. 우리는 모처럼 호숫가에서 더위를 식히며, 근처에 자리 잡은 이르쿠츠크 가족에게 초대받아 40도 넘는 보드카를 실컷 마셨다. 바이칼에서 좀 더 바캉스를 즐기고 싶었지만, 7월 10일부터 벌어지는 몽골의 나담 축제에 맞추기 위해 서둘러 바이칼을 떠나야 하는 것이 아쉬웠다.

몽골에는 우리를 애타게 기다리고 있는 한 사람이 있었다. 그는 오르길이라는 이름의 전직 군인으로, 의사인 아내가 있었다. 마을버스 여행의 초기부터 SNS를 통해 알게 된 사람이었다. 세관을 벗어나자 그가 멀리서 손을 흔들었다. 낯선 나라에 아는 사람이 있다는 것은 굉장한 일이다.

"형님, 잘 오셨습니다. 환영합니다!"

그가 유창한 한국어로 반갑게 인사했다. 몽골의 수도 울란바토르는 나담 축제를 보기 위해 전 세계에서 온 사람들로 북적거렸다. 우리는 함께 고비 사막을 향해 떠났다. 도시를 막 벗어나자 초원이 펼쳐졌다. 초원은 물이 없다는 점에서 사막과 비슷했다. 드넓은 초원에는 양과 염소, 낙타를 비롯한 가축들이 살고 있었다.

고비로 가는 길에 만달고비Mandalgovi라는 도시를 지나게 되었는데, 때마침 마을에서 나담 축제가 벌어지고 있었다. 이 축제의 하이라이트는 역시 경마와 씨름이다. 초원 멀리 모래 먼지가 피어오르는 것을 보았다.

"온다!"

누군가 소리치자 사람들이 한곳으로 뛰어가기 시작했다. 멀리 보이던 작은 먼지구름이 점점 커지더니 기수가 탄 말들이 시야에 나타나기 시작했다. 앳된 소년들은 쉴 새 없이 채찍을 들어 말 엉덩이를 때렸다. 20km를 달려온 말과 어린 기수들은 혼이 나간 듯 골인 지점을 향해 돌진했다. 우승자가 말에서 떨어지듯 뛰어내리자 말이 주저앉았다. 사람들은 우승자를 하늘로 높이 던져 헹가래를 쳤다. 몽골인들에게 경마는 신앙과 같다. 걸음마를 하기도 전에 말을 먼저 탄다는 몽골인들의 기상을 보았다. 나담 축제의 진가를 보려면 시골 축제를 보라는 말이 이해가 갔다.

몽골인들은 여행자들에게 관대해야 한다는 전통을 지니고 있다.

"형, 징키스칸이 만든 법에 대해 아세요?"

인터넷을 뒤지던 성택이가 킥킥대며 말했다.

"징키스칸이 법을 정했는데요, 이를 어기면 모두 사형입니다. 종신형, 뭐 이런 거 없어요. 그냥 사형."

"어떤 죄인데 사형이래?"

"재에 오줌을 누면 사형. 킥킥. 전쟁에 나가서 혼자만 살아 돌아오면 사형. 근데 더 재밌는 게 있어요."

"뭔데?"

"여행자가 재워 달라는 것을 거부하면 사형."

마침 날이 저물어 오고 있었다.

"그럼 오늘은 유목민 게르에서 자 볼까? 안 재워 주면 고발하지, 뭐."

평소라면 엄두도 내지 못했겠지만, 여행이라는 마법에 홀린 우리는 상상을 실천에 옮겼다. 드넓은 초원 저 멀리에서 작은 흰 점들을 발견한 우리는 초원을 가로질러 흰 점을 향해 달렸다. 흰 점은 점점 커지더니 3개의 게르로 변했다.

"오늘 하루 여기서 자고 가도 될까요?"

"그럼요."

아이를 안고 나온 젊은 여자가 흔쾌히 허락했다. 게르 안으로 들어갔던 여자가 망태기를 지고 나왔다. 그녀는 게르 주위를 돌며 짐승들이 싸 놓은 마른 똥을 주워 모았다. 저녁을 지을 때 쓸 연료를 모은 것이다.

우리도 캠핑 장비를 꺼내 저녁을 준비했다. 밥을 먹으려는데 한 노인이 보드카 한 병을 들고 나타났다. 곧이어 여자와 그의 남편도 나타났다. 모닥불 주위에서 작은 파티가 벌어졌다.

"한잔하세요."

사내가 큰 그릇에 우윳빛 음료를 담아 내밀었다. 낙타 젖으로 만든 술이었다. 야릇한 자극이 입으로 전해졌다. 내가 얼굴을 찡그리자 사내와 아이들이 재밌다며 웃었다. 노인은 내가 준 김을 유심히 살펴보고 있었다. 검은 종이처럼 보이니 용도를 몰라 난감해하는 것 같았다. 나는 먹는 것이라는 시늉을 해 보였다. 그런데 이를 본 노인이 갑자기 김에 코를 풀었다. 이번에는 우리 쪽에서 큰 웃음이 터졌다.

이 가족은 쌍봉낙타를 키우고 있었다. 낮에 초원으로 나갔던 60여 마리의 낙타들이 돌아와 게르 주위를 둘러쌌다. 밤이 되니 낙타의 생이별이 시작되었다. 젖을 짤 동안 떨어뜨려 놓은 어미와 어린 낙타들은 그리움에 울부짖었다. 어찌 보면 낙타의 젖을 두고 사람과 어린 낙타가 벌이는 소유권 전쟁 같았다. 평화롭고 낭만이 넘쳐 보이는 초원이지만 그 안에서의 실질적인 삶은 치열하기만 했다.

몽골 여행을 마친 우리는 다시 러시아 국경으로 향했다. 그런데 여기서 예상치 못했던 일이 발생했다. 러시아 국경의 직원이 우리의 재입국을 허용하지 않았던 것이다.

"당신들의 입국 서류에는 일행이 일곱 명이었습니다. 나머지는 왜 차에 없는 거죠? 혹시 영업 행위를 한 거 아닌가요?"

앞서 바이칼을 떠나 몽골로 입국할 때, 유럽에서 온 다섯 명의 배낭여행자들을 차에 태워 준 적이 있었다. 그 국경은 오직 자동차로만 입국이 가능한데, 차를 얻어 타지 못해 발을 동동 구르고 있는 모습을 보고 선의로 했던 일이었다. 그런데 국경 직원은 우리가 돈을 받고 다섯 명을 태워 준 것이라고 의심했다. 아무리 설명해도 막무가내였다. 할 수 없이 우리는 몽골로 되돌아왔고 막막한 심정으로 이틀을 보냈다.

"성택아, 우리 다시 한 번 가서 사정해 보자. 간절히 말이야."

우리는 다시 몽골 국경을 지나 러시아 측 국경 사무실로 갔다. 그 사이 직원이 바뀌어 있었다. 새로운 직원은 몽골인 여성이었는데 영어를 잘했다. 뭔가 좋은 예감이 들었다.

"안녕하세요! 저희는 이틀 전에 입국이 거부당한 사람들입니다."

그녀가 웃으며 말했다.

"아, 그분들이시군요. 잠깐만요."

그녀는 서랍에서 서류를 꺼내며 말했다.

"우리 규정에 따르면, 출입국 시 탑승객이 몽골인이 아닐 경우 인원이 동일해야 해요. 그런데 다섯 명이 부족하네요."

"나는 그저 그들을 도왔을 뿐입니다. 저는 그들 이름도 몰라요."

"네, 알아요. 저도 여행할 때 규정을 몰라서 애먹은 적이 있었답니다. 그렇다고 그냥 보내 드릴 수는 없고요. 각서를 쓰셔야 합니다. 다시는 이런 일을 하지 않겠다는 정도로 쓰시면 됩니다."

생전 처음으로 영어로 반성문을 다 써 보다니, 웃음이 터져 나올 뻔했다. 이렇게 여행에서는 어떤 일이 일어날지 짐작하기 어려우니, 마치 가을에 떨어져 뒹구는 낙엽처럼 몸을 바람에 맡겨야 하나 보다.

"형님, 참 익사이팅합니다. 하하하!"

국경을 떠나 러시아로 들어온 우리는 울란우데Ulan-Ude라는 도시에서 묵었다. 이 도시는 러시아 연방의 몽골족 자치국인 부랴트 공화국의 수도다. 다음 날 이른 아침 우리는 하바로프스크Khabarovsk를 향해 떠나야 했다. 아주 멀고 지루한 길이다. 내비게이션에 목적지를 입력한 성택이가 크게 웃으며 말했다.

"세상에! 형님, 이것 좀 보세요."

내비게이션에는 무려 '1,063km 직진 후 우회전'이라고 표시되어 있었다. 거리 감각이 사라지는 그 숫자를 보며, 여행을 떠난 이후 처음으로 된장국이 그리워졌다. 집이 가까워질수록 더 그리워짐을 느꼈다.

그리던 곳,
단지비 앞에서 여행을 마치며

"이 여행의 마지막은 어디인가요?"

2015년 8월, 미국 현지 신문사와의 인터뷰에서 기자가 물었다.

"북한을 통과해 남으로 들어가고 싶습니다."

여행을 시작하기 전부터 북한을 통과하겠다는 의지를 다졌다. 이 계획을 듣고 많은 사람이 허황한 꿈이라고 했지만, 성원을 아끼지 않는 사람도 많았다. 여행이 종착역에 가까워질수록 북한 통과에 대한 열망이 커졌다.

나는 중앙아시아 우즈베키스탄을 지나면서부터 북한을 통과할 구체적인 계획을 세웠다. 북한을 통과하는 길은 두 곳, 중국 아니면 러시아로 들어가는 것이었다. 불행히도 중국은 외국 번호판을 단 차량을 엄격히 통제하고 있어서, 중국을 여행하려면 현지에서 다시 차를 구입해야 하는 제약이 따랐다. 러시아의 연해주를 통해 두만강을 넘는 것 말고는 방법이 없었다.

문제는 구글 지도를 아무리 확대해서 봐도 두만강에는 차가 건널 만한 길이나 다리가 확인되지 않는다는 점이었다. 지도상으로 기차 말고는 다른 길이 없다는 것을 확인했다. 차를 기차에 실어 보내고 우리는 비행기로 이동하는 것이 유일한 방법 같았다.

시베리아 이르쿠츠크에서 우연히 북한 관리라는 사람과 대화한 적 있다. 당시 나는 자동차 정비소를 찾고 있었는데, 러시아 정비사와 소통이 이뤄지지 않았다. 정비소 매니저는 자신이 아는 조선인이 있다며 온라인 화상 대화를 시도했다. 회색 옷에 검은 선글라스를 낀 중년 남자가 모니터에 나타났다. 그는 자신을 북한에서 파견된 관리라고 소개했다. 자동차 정비와 관련해 통역이 끝나고, 나는 북한을 통과하는 방법에 관해 몇 가지 질문했다.

"러시아 쪽에서 자동차로 북한에 들어가는 길이 있나요?"

그는 뜻밖의 대답을 했다.

"네, 있습네다. 통천이라는 곳으로 들어가면 된다 말입네다. 블라디보스토크에 우리 대표부가 있으니 거기서 협의하시라요. 여행 잘 하시라우."

귀가 번쩍 뜨이는 말이었다. 나중에 잘못된 정보라는 게 드러났지만, 잠깐이나마 서광이 비치는 것 같았다. 며칠 뒤 우리는 이르쿠츠크를 떠나 하바롭스크Khabarovsk로 가서 북한 식당을 찾았다. 정보를 더 얻기 위해서였다. 냉면을 주문한 뒤, 식당 직원에게 물었다.

"두만강에서 북한으로 들어가는 길이 있다던데 알고 계시나요? 우리는 버스를 몰고 갈 거거든요."

직원은 대답을 주저했다.

"저희는 잘 모릅네다. 우리는 비행기로 왔단 말입네다."

모르긴 해도 그네들 나름대로 대답할 수 없는 이유가 있었을 것이다. 결국 블라디보스토크 북한 대표부를 찾아가서 알아보는 것 말고는 다른 방도가 없었다. 그리고 북한 대표부를 찾아가려면, 우리 영사관을 통해 한국 정부의 허가를 받아야 했다.

"임택 작가님, 북한을 통과하는 건 꿈도 꾸지 마십시오."

주블라디보스토크 한국 영사관에 작은 소동이 일었다. 낡은 마을버스를 타고 북으로 들어가 판문점을 통과해 남으로 가겠다는 여행자 때문이었다.

"작가님, 북으로 갈 방법도 없지만 두만강 근처에도 얼씬하시면 안 됩니다. 거기는 민간인 통제 구역입니다. 무작정 가면 러시아 경찰이 출동할 수 있습니다. 그러면 외교 문제가 발생해요."

나는 일찌감치 블라디보스토크에 도착해 북으로 들어갈 방법을 알아보았다. 북으로 가기 위해서는 두 가지 조건이 충족되어야 하는데, 하나는 북한에서 초청장을 받는 것이고, 다른 하나는 통일부의 방북 허가를 받는 것이었다. 북측에서 초청장을 받기 위해서는 먼저 외교부에 '대북 접촉 신고'를 해야 했다.

　이를 위해 나는 며칠 전 블라디보스토크 총영사관에 전화를 걸었다. 우리 측 총영사관에서 대북 접촉만 허용해 준다면 북한 대표부를 방문하여 이 여행이 북한에 해롭지 않다는 것을 설명할 생각이었다. 어쩌면 북한으로서도 이미지 제고를 위해 우리를 남으로 곱게 보내 줄지도 모를 일이라고 생각했다.

　"저는 마을버스를 타고 세계 여행을 하는 임택이라는 사람입니다. 북한 영사관과 접촉하고 싶습니다. 그래서 대북 접촉 신고를 하려고 하는데, 어떻게 해야 하죠?"

　황당한 이야기를 들은 영사관 직원의 목소리에는 당황한 기색이 역력했다. 다음 날 아침, 담당 영사로부터 전화가 왔다.

　"임택 작가님이시죠? 북한에 들어가려고 하신다고 들었는데 정말입니까? 그거 절대 안 됩니다. 지금 여기 블라디보스토크도 아주 위험합니다."

　우리는 순식간에 언제 사고 칠지 모르는 요주의 인물이 되어 버렸다. 영사는 수시로 우리에게 전화를 걸어 상황을 체크했다. 자국민의 안전을 책임져야 하는 영사로서는 당연한 일이었다.

"지금 북한에서 남한 사람을 납치하려고 한다는 정보도 있습니다. 제발 북한을 방문한다는 생각을 거두기 바랍니다. 그냥 이번 주에 동해항으로 가는 페리로 귀국하세요. 당부드립니다."

북한을 통해 한국으로 가려던 내 소중한 꿈이 물거품이 될 상황이었다. 블라디보스토크에서 20여 일이 지났지만, 진척된 건 거의 없었다. 교포들을 만나서 듣는 이야기도 영사들 의견과 다르지 않았다. 결국 시기와 상황을 고려했을 때, 우리의 북한행은 아무래도 어렵겠다고 판단했다. 아쉬운 마음이 가득했다.

"형님, 북으로 들어간다고 합시다. 그런데 갑자기 북한이 방송에 대고 '남조선 체제에 염증을 느끼고 공화국을 동경하던 임택 선생이 위대한 수령의 품에 안겼습니다.'라고 하면 우린 꼼짝없이 북에 귀순한 사람이 되는 거 아닌가요?"

이제는 오랫동안 여행을 함께한 동생 성택이까지 만류하고 나섰다. 그는 우리 측 영사관의 반대가 차라리 다행이라고 했다.

"이대로 여행을 마무리하면 두고두고 후회할 것 같아. 두만강 근처라도 가 보자. 거기서 북녘을 바라보며 안타까움만이라도 전하고 오자."

북한을 통과하지는 못하게 되었지만, 두만강 근처에서 북녘을 바라보며 통일을 기원하는 일도 값지다고 생각했다. 마침 두만강 인근에는 안중근 의사가 열한 명의 동지와 함께 손가락을 잘라서 항일 의지를 다졌다는 '단지동맹비'도 있지 않은가. 다시 영사에게 연락했다.

"영사님, 혹시 단지동맹비가 어디 있는지 아세요?"

"아, 거기도 위험한 동네라서 안 가시는 게 좋을 텐데⋯⋯."

그곳에 가겠다는 내 의지가 강한 걸 느낀 영사는 하는 수 없이 알려주었다.

"크라스키노Kraskino라는 지역에 있습니다. 옛날에는 연추라고도 불렸죠. 거기 가서 물어보면 다 알려 줄 겁니다. 그런데 단지비에서 한 발짝도 내려가시면 안 됩니다. 약속하세요."

크라스키노에 도착하니 비가 내렸다. 인적도 드문 국경의 삭막한 분위기가 느껴졌다. 길가에 차를 세워 둔 노인에게 러시아어로 '의인 안중근의 비석'이라고 쓰인 종이를 내밀었다. 그러자 노인은 자기 차를 따라오라며 앞장섰다. 마을에서 멀지 않은 외딴곳에 안중근과 열한 명의 동지를 기리는 비석이 세워져 있었다. 노인은 할 일을 했다는 듯 만면에 웃음을 띠며 그 자리에 가만히 서 있었다. 그는 강 건너 남쪽을 가리키며 저기가 북한이라고 알려 주었다.

'아! 뗏목 하나만 띄워도 건너갈 수 있는 저 북녘땅이 세계 한 바

2011년 8월 4일
102년이 지난 오늘
12人을 기억하다

● ● 크라스키노의 단지동맹비 공원에서 안중근 의사와 그 동지들을 기렸다.

퀴보다 멀게 느껴지는구나!'

나와 은수는 단지비 앞에 나란히 섰다. 내리던 비가 멈췄다. 열두 명의 독립투사가 왼손 약지를 잘라 조국 독립과 동양 평화를 위해 목숨 바칠 것을 맹세한 자리에 서자 절로 숙연해졌다. 단지비 앞에서 가만히 다짐했다.

'다시 올 때는 반드시 은수와 함께 이 길로 북한에 갈 것이다. 판문점을 통과해 남으로 내려가야지.'

다음 날 우리는 마침내 은수와 함께 동해항으로 가는 배에 올랐다. 블라디보스토크항에는 비가 내렸다. 나는 잠시 객실 침대에 누워 677일간의 여행을 되돌아보았다. 그 길에서 만났던 수많은 사람들의 얼굴이 떠올랐다. 그 사람들 덕분에 나는 무사히 지구를 돌아 집으로 향하고 있다.

배가 움직이자 나는 갑판에 올라 멀어져 가는 항구를 바라 보았다. 거대한 도시가 점점 작아지더니 한 점이 되어 사라졌다. 하룻밤을 자고 나면 사랑하는 가족을 만날 것이다. 오랜만에 아내를 보면 무슨 말을 해야 할까? '고마워.'라고 할까? '수고했어.'라는 말은 너무 영혼이 없어 보이지 않을까? 무언가 멋진 말이 있을 법한데 그게 이렇게 어렵다니. 밤을 꼬박 새웠다.

동해로 들어선 배가 크게 회전하더니 동해항을 향해 방향을 틀었다. 항구에 천천히 들어오는 배를 마중 나온 아내와 아들이 보고 있었을 것이다. 입국 수속을 마치고 나오자 아내가 손을 흔들며 소리쳤다.

"살아 돌아온 것을 환영합니다!"

아들도 크게 소리쳤다.

"세계 여행 성공! 임택!"

그러고 보니 내 생애에서 하루를 빼야 할 것 같다. 날짜 변경선을 넘어 지구를 동쪽으로 한 바퀴 돌았기 때문에 하루가 덜 지나간 것이다. 그 하루가 젊어지는 데 677일이나 걸린 셈이다. 나는 이렇게 무사히 집으로 돌아왔다.

PART 4

여행이 끝나도 꿈은 계속된다

여행을 마친 이후, 나는 본격적인 여행 작가의 길에 올라섰다.
기고는 물론 강연과 방송 그리고 인터뷰가 이어졌다.
사람들은 나의 이야기를 들으러 왔고, 나는 그들에게 전했다.
자신이 좋아하는 일을 하라고.
좋아하는 일을 하니 즐기게 되고 일이 오히려 여가가 되는 마법을 부린다.
나는 지금 내 미래에 대한 기대가 어느 때보다 크다.
독자에게 여행 작가가 되라고 권하려는 게 아니다.
그저 절실하게 하고 싶은 일을 찾고, 그 바람을 놓지 말고,
당장은 아니더라도 언젠가 이룰 목표를 지닐 것을 권하고 싶다.
76세에 그림을 그리기 시작한 미국의 화가 모제스나 해리 리버맨처럼
언뜻 늦었다고 생각되는 때에도
멈춤 없이 자신의 길을 찾으라고 독려하고 싶다.

여행 작가의
꿈을 이루고

2017년 10월, 677일간의 여행을 끝낸 지 1년이 지난 어느 날이었다. 목동 어느 공개홀의 어둠 속에서 2,400개의 눈이 내게로 향하고 있었다. 무대 위의 원형 조명이 내 머리를 비추고, 나는 조명 아래 서서 말했다.

"저는 임택입니다. 여러분, 김장 같은 집안의 큰일을 치르고 나면 온몸이 쑤시고 아프시죠?"

"네."

"어떤 근육이 아픈가요? 늘 사용하던 근육인가요? 아니면 평소에 사용하지 않던 근육인가요?"

대부분이 사용하지 않던 근육이라고 답했다.

● ● 강연 프로그램 〈세바시〉에 출연한 모습.

"맞습니다. 우리에게는 이렇게 평소 사용하지 않는 근육이 많습니다. 저는 능력에도 이런 근육이 있다고 생각합니다. 제 생각에는 여러분께서는 스스로 인지하고 있는 것보다 더 많은 능력 근육을 지니고 있습니다. 아직 사용하지 않은 능력 근육이 어쩌면 여러분께 새로운 인생을 가져다줄 수도 있을 겁니다."

환호와 박수로 공감해 주는 사람들을 보며, 나의 오랜 꿈이 이루어지고 있다고 생각했다.

여행을 하고 그 여행의 경험을 전하고 나누는 것, 그것은 어린 시절 김포공항 활주로가 보이던 작은 농촌 마을에서부터 꾸어 온 꿈이었다. 어린 나는 커다란 비행기가 뜨고 내리는 모습을 보며 생각했다. '먼 나라를 여행하고 그 이야기를 전하는 사람이 되자. 저 비행기만 타면 다 가 볼 수 있는 곳들이잖아.'

하지만 늘 곁에 두고 키워 갔던 여행 작가의 꿈은 어느 순간부터 가장의 책임감에 밀려 멀어져 갔다. 삶의 무게에 짓눌려 사라져 버릴 것 같은 내 꿈을 잊지 않으려 '나이 50살이 되면 그땐 여행 작가를 하겠다.'라고 되뇌었다. 그리하여 스스로 무수히 다짐했던 것처럼 나이 50살이 되었을 때 여행 작가를 선언했다.

주위의 우려와 만류에도 불구하고 단호한 결심으로 시작한 여행 작가의 길이었지만 쉽지만은 않았다. 어떻게 해야 제대로 된 여행 작가가 될 수 있을지 알 수 없었고, 여행 작가를 선언한 이후로 한동안 나의 생활은 백수와 다름없었다. 좋은 카메라를 한 대 사고 '여행 작가'라고 적힌 명함을 만든 게 전부였다. 고독한 시간이 흘러만 갔다.

그러나 오랜 고독은 무언가를 이루기 위한 과정이 아닌가 싶다. 어느 날 우연히 힘겹게 언덕길을 오르는 마을버스를 보고 '인생'이라는 어젠다를 소환한 것은 이런 과정의 결과일지도 모른다. 마을버스는 내 인생을 그대로 녹여 놓은 상징과도 같았다. 마치 필연처럼 나는 마을버스와 함께하는 세계 여행을 꿈꾸게 되었고, 끝도 없이 이어지는 난관을 헤치고 지구 한 바퀴를 도는 데 성공한 것이다.

그리고 여행을 다녀온 이후로 나의 인생은 또 한 번 예측하지 못한 방향으로 흘렀다. 언론이 내 여행을 조명했고, 이후에는 '임택'이라는 사람을 조명하기 시작했다.

사람들은 특히 이 여행의 주인공이 마을버스였다는 데 환호했다. 은수는 나를 만날 즈음 폐차를 앞둔 낡은 차였다. 아무도 이 버스가 더 운행되거나 세계 여행에 나서리라고는 상상하지 못했을 것이다. 하지만 이제 세계 여행을 끝낸 마을버스 은수는 이제 과거와 같이 다람쥐 쳇바퀴 돌듯 정해진 길을 매일 오가던 무기력한 존재가 아니다.

●● 사람들은 여행의 주인공이 마을버스였다는 데 환호했다.

많은 사람이 은수와 나의 여행에 관심을 둔 것은 바로 마을버스의 인생이 자신과 닮았다고 생각한 데서 연유한 듯했다. 10년간 다람쥐 쳇바퀴 도는 듯한 삶을 살아온 존재라는 것, 이미 48만 km를 운행해 폐차를 앞두었다는 것, 평생 시속 60km 이상을 달리지 못하도록 제한되었다는 것, 한 번도 주어진 노선 이외에는 가 본 길이 없다는 점 등등. 마을버스는 근면하고 성실하지만 어찌 보면 답답한 인생을 대표했다. 사람들의 관심은 그런 마을버스가 어느 날 세계 여행이라는 일탈을 꿈꾸고 실행한 데 대한 공감과 호응이었다.

　마을버스와 함께 꿈을 꾸고 실행한 사람으로서 그리고 꿈을 이룬 사람으로 지금의 나는 행복하다. 나의 이야기를 전해 듣고 나와 어쩌면 같고 어쩌면 다르기도 할 자기 꿈을 다시 펼칠 그 누군가가 있다는 생각에 마음이 설렌다.

이제는 꿈을 나누는
사람이 되어

마을버스로 세계 여행을 한 후에 내 삶에는 예기치 못한 변화가 찾아왔다. 전에 경험하지 못하던 대중과의 만남은 가장 큰 변화다. 어찌 보면 나의 여행은 '별난 일'이라든가 '엉뚱한 일탈' 정도로 치부될 수도 있는 일이었다. 잠시 뉴스를 타거나 흔한 가십 정도로 회자되다가 금세 사라져 버릴 수도 있었다. 그런데 이 여행 이야기는 끊이지 않고 대중의 관심을 벗어나지 않는 것만 같았다.

나는 여행 이후에 지금까지 수백 회에 달하는 강연을 하고 있다. 어느새 강연은 나의 새로운 일이 되었다. 나의 강연은 '도전'이라는 키워드에 초점이 맞춰져 있다. 나는 도전과 관련된 세 가지의 주제를 이야기하곤 한다.

첫 번째 주제는 '무슨 일을 하기에 늦은 나이란 없다.'이다. 오래된 차와 늙은 사람이 함께한 나의 여행은 가능성의 영역을 확장하는 작업이었다. 도전을 앞두고 주저하는 자들의 등을 가볍게 밀어 주는 역할을 할 수 있었다.

두 번째 주제는 '자기 한계를 스스로 정하지 마라.'이다. 마을버스는 평생 시속 60km 이하로 달렸고, 단 한 번도 그 이상의 속도로 달려 본 적이 없다. 시속 160km까지 속도를 낼 수 있는 차라는 사실을 잊고 살다가 어느 시점에 완전히 굴복해 버린 것이다. 그러나 마을버스 세계 여행을 떠난 지 4개월이 지난 2015년 봄, 칠레의 팬 아메리칸 하이웨이에서 시속 120km로 앞차를 추월하며 자기 한계를 깨 버렸다. 우리 역시 은수처럼 자신 혹은 남이 정한 한계를 스스로 깰 수 있다고 생각한다.

마지막 주제는 '나의 재능을 발견하는 사람은 바로 나.'이다. 세상에 흔히 알려진 천재들에게는 공통점이 있다. 바로 발견자가 있다는 것이다. 에디슨에게는 어머니 낸시가 있었고, 헬렌 켈러에게는 앤 설리번 선생님이 있었다. 그러나 발견자가 반드시 타인이어야 하는 것은 아니다. 누구나 남과 구별되는 탁월한 재능을 한두 가지쯤은 가지고 있고, 이를 스스로 발견할 수 있다. 내가 무슨 일을 할지 정할 때는 '나'에 대한 관찰이 우선되어야 한다.

내가 나의 발견자가 될 수 있다.

여행이 끝나고 나서 처음으로 1,200명이라는 많은 청중 앞에 섰던 〈세바시〉 프로그램 강연 때의 일이다. 내가 환하게 밝은 무대로 걸어 나가던 10여 초는 나의 새로운 재능을 발견한 순간이었다. 나의 강연을 대기실에서 기다리며 얼굴이 새파랗게 질렸던 아내와는 달리, 나는 떨림 없이 대중 앞으로 걸어갔다. 어둠 속에 숨어 있던 청중의 눈빛 하나하나를 마주하며 15분간 이야기했다. 강연 중간에 이야기가 대본을 벗어나 버려, 다음 이야기를 이어 가자니 생각이 나지 않았던 적도 있었다. 그때 나는 당황하지 않고 청중에게 이야기했다.

"여러분, 제가 지금 길을 잃었습니다."

청중은 격려의 박수를 보냈고, 나는 잃었던 길을 다시 찾았다.

강연을 마친 후 사회자가 말했다.

"여행가답게 위기를 극복하시네요."

그 후 많은 시간이 흘렀고 매월 10회 정도 강연을 해 왔다. 여행 작가가 여행에서 겪은 경험을 나누는 방법은 책이나 기사를 쓰는 것만 있는 게 아니다. 책이나 기사는 작가가 독자에게 글로 여행을 전하는 방법이다. 작가는 독자의 표정을 읽을 수가 없고, 독자 역시 작가와 현장감 있게 소통하기 어렵다. 그에 비해 강연은 청중과의 상호 공감을 경험할 수 있는 현장이다. 감동에 대한 반응

● ● 〈세바시〉 인터뷰 장면(위)과 미국의 유명 강연 프로그램인 TED 한국 행사에서의 강연(아래).

이 바로 전달될 뿐만 아니라 인적 교류의 지속이 가능한 소통의 방식이라고 생각한다.

강연과 함께 방송 출연도 빈번해졌다. 코로나19 팬데믹이 시작된 이후에 방송 출연이 내 삶에서 차지하는 비중은 더 커졌다. 2020년에서 2021년까지 80회 이상 방송에 출연했다. 방송의 가장 큰 장점은 내가 여행 작가로서 어떤 '재미'와 '대중성'이 있는지 현장에서 확인할 수 있다는 점이다.

코로나가 한창이던 시기에 2개의 방송 프로그램에 고정 출연했다. 하나는 울산교통방송 라디오 방송 프로그램(2020년 1월)이었고, 다른 하나는 코로나로 여행에 굶주린 사람들을 위한 〈누워서 세계 속으로〉라는 TV 방송 프로그램(2021년 1월부터 약 4개월간)이었다. 이 프로그램은 KBS2의 아침을 책임지는 시사·교양 종합 버라이어티 〈굿모닝 대한민국 라이브〉라는 프로그램 중의 여행 코너로, 대표적인 여행 프로그램인 〈걸어서 세계 속으로〉를 패러디한 것이었다.

이 방송 출연을 앞두고 해당 방송국 본부장과 차 한잔을 나눴다. 그는 자기 역시 수년 내에 은퇴를 앞두고 있다고 했다. 은퇴에 대한 생각이 많다던 그는 이렇게 말했다.

"작가님, 제가 지금까지 방송하며 나이 60살에 방송에 데뷔하는 분은 처음 봅니다. 하하하!"

호탕하게 웃으며 나를 격려하던 그는 어쩌면 내게서 자신의 희망을 보았는지도 모르겠다.

몇 년 전부터 매월 8건 이상의 강연은 하지 않겠다는 원칙을 세웠다. 지나치게 바쁘게 살지 말고 주위를 돌아보고 여유를 지니고 살자는 의미에서 세운 원칙인데, 지켜진 적은 거의 없다. 여전히 많은 사람이 나와 은수의 세계 여행 이야기를 원하고 있는데, 매번 이를 거절할 수는 없기 때문이다.

무엇보다 대중 앞에 서는 일은 내게 일이 아닌 놀이처럼 즐거움을 주기 때문이다. 나는 앞으로도 대중과 만나는 일을 열심히 할 것이다. 그들과 함께 여행의 경험과 느낌을 나누고 여전히 꿈을 꾸고 이루어 가는 사람으로 호흡하는 게 너무도 좋기 때문이다.

더 큰 꿈을
향하여

나는 중학교 때까지 축구 선수였다. 가정 형편이 어려워 축구를 계속할 수는 없었지만 어른이 되어서도 축구를 여전히 좋아했다. 축구는 참 흥미로운 스포츠인데, 나를 가장 설레게 하는 것은 바로 '역전 골'이다. 역전 골의 대부분은 후반전에 일어나고, 가끔은 연장전에서 나오기도 한다. 역전 골은 '회심의 골'이어서 오래도록 기억된다. 경기를 결정짓는 골이기 때문이다.

그런데 회심의 역전 골은 그냥 나오는 게 아니다. 감독과 선수가 전반전의 경험을 바탕으로 새로운 각오와 전략을 세웠을 때 가능한 것이다. 전반전의 경험이 승리의 기반이 되는 것이다. 후반전에 교체로 들어간 선수가 골을 넣는 것도 종종 볼 수 있다. 그가 전반전을 벤치에 앉아 팀의 문제와 상대의 허점을 파악하는 노력을 기울였기에 후반전에서 역량을 발휘하며 더욱 잘 뛸 수 있는 것이다.

우리 인생을 축구에 대입해 볼 수 있다. 전반전의 인생은 사람마다 차이가 있겠지만, 의외로 많은 점에서 비슷하다. 자기 자신과 가족을 위해 성실히 노력하지만, 마을버스가 그랬듯 정해진 길을 벗어나지 못하는 경우가 대부분이다. 하지만 우리에게는 후반전, 더 나아가 연장전이 남아 있다. 전반전에서 어렵고 힘들었던 원인을 잘 파악하고 전략을 세운다면, 후반전에 회심의 골을 넣어 전반전보다 더 만족스럽고 긍정적인 결과를 낼 가능성이 충분하다.

내가 청년이던 시절에는 많은 사람이 60세를 전후하여 은퇴했다. 그 후에는 아무 일도 하지 못하는 노인으로 취급받다가 70대가 되면 생을 마감해도 그다지 이상할 게 없었다. 그런데 내가 마을버스 세계 여행을 준비할 즈음에는 소위 '건강한 노인'에 대한 사회적 관심이 시작되었다. 그러다가 '젊은 노인'이 등장했고, 이제는 '청년 노인'을 말하기 시작했다.

UN이 나이 개념을 다시 세운 것이 그 대표적인 예다. 2015년부터 UN은 18세에서 65세까지를 '청년'으로 정의했다. 66세부터 79세까지는 중년, 80세부터 99세까지는 노년이라고 했다. 이 기준이라면 나는 아직도 청년이 분명하다.

　청년의 가장 큰 특징은 도전 정신일 것이다. 내가 생각하는 청년의 정의는 실패해도 다시 일어설 용기가 있고 과감히 도전할 줄 아는 사람이다. 어떤 생각을 지니느냐, 얼마나 도전적이고 또한 도전을 두려워하지 않느냐가 청년의 바로미터일 것이다.

　아프리카에 세렝게티 초원이 있다. 이 초원은 흔히 어린 시절 즐겨 보는 TV 방송 프로그램 〈동물의 왕국〉의 주요 무대이기도 하다. 어느 강연에서 청중에게 이 초원의 주인은 누구인지를 질문한 적 있다. 사람들의 대답은 서로 달랐지만, 용맹한 사자나 힘센 코끼리를 꼽는 이가 많았다. 모두 힘이 세거나 포악해서 다른 동물로부터 안전하고 도리어 다른 동물을 위협하는 동물이다.

　내 생각은 그 답들과는 좀 달랐다. 내가 생각하기에 이 초원의 진정한 주인은 바로 '누gnu'라는 영양이었다. 누는 그 수가 엄청나서 세렝게티 초원에만 800만 마리에서 1,200만 마리가 서식한다고 한다. 무리 중 일부가 사자와 같은 육식 동물에게 잡아먹혀도 다른 누들은 관심이 없다. 풀과 물만 있다면 무리 중 몇 마리가 죽는 것쯤은 큰일이 아니기 때문이다. 오히려 이들이 어려움을 겪는 것은 건기와 우기가 번갈아 찾아오는 계절이다. 누는 풀과 물이 없는 건기가 오기 전에 북쪽으로 이동해야 한다.

누는 어느 시점에 이동을 시작할까? 이들은 건기가 닥치기 훨씬 전부터 이동한다. 아직도 먹을 풀과 물이 많지만 과감히 고개를 들어 북으로 향한다. 이 마지막 남은 풀과 물에 미련을 갖다가 떠나는 시기를 놓치기라도 하면 살아남지 못한다. 누의 이동 속도보다 건조한 바람이 훨씬 빠르기 때문이다.

나는 세렝게티의 누처럼 50대 초반에 새로운 이동을 시작했다. 아직도 이익이 생기는 사업체를 과감히 정리하고, 그토록 바라던 역마살의 세계에 발을 디뎠다. 더 일할 수 있지만 더 이상 주저하고 싶지 않았다. 꿈을 이루는 속도가 건조한 바람에 따라잡힐까 걱정되었기 때문이다. 인생에는 어느 때고 어떤 일이 생길지 모른다. 언제 건조한 바람이 바삐 불어올지 모르는 것이다. 그러니 꿈을 마냥 미루다가는 영영 놓칠 수도 있다고 생각하고 꿈을 단행했다.

이동을 시작한 누 떼는 어느 강 하나를 두고 망설인다. 마라강 Mara River이다. 이 강 너머에는 약속된 낙원이 있다. 우글거리는 악어가 가득한 마라강이 두렵지만 반드시 건너야 한다. 겁에 질려 망설이는 무리에서 과감히 강으로 몸을 던지는 누가 있다. 이를 신호탄으로 모든 누가 강으로 쏟아져 들어간다.

퇴직 이후의 삶이 '선택'이 아닌 '필수'인 시대가 되었다. 전반전의 인생이 끝나고 다시 그만큼의 후반전이 남아 있다. 진정으로 하고 싶던 일, 바라던 꿈을 시급히 찾아야 한다. 그리고 결정되었다면 주저하지 말고 과감하게 차고 나가야 할 것이다. 주저하는 사이 맹수나 바람이 다가올 수 있기 때문이다.

앞으로 남은 나의 후반전에 관심과 기대가 크다. 지금도 가슴이 설레고, 심장이 요란한 소리를 내며 뛴다. 영국의 탐험가 '알렉산드라 다비드 넬'은 나의 멘토다. 지금으로부터 약 100년 전, 그녀가 55세의 나이에 홀로 당시에는 은둔의 왕국이었던 티베트를 탐험한 것 때문만은 아니다. 그녀가 목숨을 거두기 전, 히말라야 트레킹을 위해 배낭을 싸 두었다는 사실 때문이다. 그녀의 나이 102세에 다음 모험을 준비하며 짐을 꾸렸다는 사실이 정말 놀랍지 않은가? 숨을 거두는 순간까지도 자신의 꿈을 접지 않았던 그녀가 지금도 내 가슴을 두드리고 있다.

도전하고 꿈꾸는 한
영원한 청년

　여행 내내 낯선 길과 마주했다. 끝없이 이어진 길을 여행하며 어느덧 내 몸은 늘 긴장과 싸워야만 했다. 매일 아침 눈뜰 때마다 온몸이 떨려 왔다. 땅이 흔들리는 것 같아 주위를 둘러보면 변함 없이 낯설고 고요할 뿐이었다. 여행의 낯선 삶이 길어지자 그것도 어느덧 익숙한 일상이 되었지만, 여전히 때때로 고난과 어려움을 주기도 했다.

　내가 이 여행을 처음 구상할 때 주변의 반응은 두 갈래였다. 엄지를 들어 보이며 멋지다고 응원하는 사람들과 무모한 여행이라며 나를 주저앉히려는 사람들. 나는 여행을 떠나기 전까지 되도록 격려와 희망이 담긴 메시지에만 귀를 기울이려 애썼다. 안 그래도 시간이 흐를수록 여행 의지가 꺾이고 있었기 때문이다. 그럴 때마다 나를 다시 일으켜 세워 주는 사람은 아내와 두 아이였다. 가족은 이 여행의 후원자일 뿐만 아니라 정신적 지주이기도 했다.

마을버스 세계 여행을 얘기할 때 두 명의 동행이던 O 씨와 J를 빼놓을 수 없다. 이들은 내가 이 여행을 계획하던 때부터 함께했다. 하지만 막상 여행을 시작하면서 두 사람과의 관계가 롤러코스터처럼 요동치기도 했다. 접촉이 불량한 전깃줄이 붙고 떨어지기를 반복하는 것처럼 말이다. 평생을 다른 환경에서 살아온 우리는 저마다 서 있는 자리도, 바라보는 방향도 달랐다.

나는 이 여행의 대장이었지만, 그 책임감에 짓눌려 타협과 소통의 폭을 좁혀 버리고 말았다. 결국 O 씨는 파나마에서, J는 이란의 테헤란에서 작별했다. 하지만 이들이 없었다면 마을버스 세계 여행기는 세상에 나오지 않았을 것이다. 여행은 갈등하고 이해하면서 나와 타인을 그리고 삶을 알아 가는 시간이다. 여행하면서 누구나 실수할 수 있지만 그것이 실패는 의미하는 것은 아니다. 돌이켜 보면 실수는 값진 추억이기도 하다.

애초부터 이 여행은 계획대로 된 게 별로 없었다. 4개월 만에 마치려던 남미 여행이 9개월이 다 되어서야 끝났다. 차를 팔아 버리고 여행을 그만두고 싶은 마음이 수없이 들락거렸다. 다양한 방법으로 시련이 찾아왔다. 전혀 예측하지 못하던 사건들이 여행 내내 발목을 잡았다. 어려움이 생길 때마다 뜻하지 않은 사람들이 나타나 도움을 주었다는 게 다행이었다. 걸인, 트럭 운전사, 현지인, 한인 교포 등 다양한 모습으로 나를 도운 길 위의 천사들 덕분에 계획을 벗어난 여행을 견디고 지속할 수 있었다.

여행 7개월째에 접어들 무렵, 멕시코시티의 어느 시장에서 심한 빈혈로 쓰러진 적이 있다. 한창 여행이 고단하던 시기에 몸무게는 10kg 가까이 줄어 있었다. 나의 무한 긍정 에너지가 모르핀처럼 내 몸을 속이고 있었는지도 모르겠다. 우연히 지나가던 교포의 도움이 없었다면 어떤 큰일을 당했을지도 모를 일이다.

무엇보다 이 여행을 무사히 마칠 수 있도록 지탱해 준 것은 우리를 바라보는 수많은 시선이었다. 50대 아저씨와 폐차를 앞둔 마을버스가 갖가지 어려움과 돌발 상황을 딛고 세계를 달리는 모습에 많은 이가 포기하지 말라며 응원해 주었다. 어려움이 있을 때마다 격려와 응원의 메시지가 쏟아졌다. 그 덕분에 고비를 하나씩 넘을 수 있었고, 신기하게도 더 큰 도전에의 의지를 다질 수 있었다. 가장 가슴 벅찼던 것은 이런 우리 여행을 보고 사람들이 용기를 얻었다는 것이었다.

이제 내 삶은 마을버스 세계 여행 이전과 이후로 나뉜다. 나는 확실히 이전보다 활기가 넘치고, 나의 미래에 대한 기대로 가득

차 있다.

"세계 여행을 다녀온 이후 무엇이 달라졌나요?"

어느 매체와의 인터뷰에서 기자가 물었다. 나는 답했다.

"저는 청년이 되어 돌아왔습니다. 도전하는 한 언제나 저는 청년입니다."

앞으로 내 삶에 나이를 대입하는 일은 없을 것이다. 도전하고 꿈꾸는 한 나는 마냥 청년일 테니.